서간도에 들꽃 피다

제 9 권

도서출판 얼레빗

이 한 권의 책을
이 땅의 모든 남성들에게
바칩니다

7권을 펴내며

　시를 쓴다는 것은 결코 쉬운 일이 아니다. 더군다나 한 사람의 일생을 단 몇 줄의 시로 나타낸다는 것은 험난한 산을 오르는 것만큼이나 어렵고 때론 위험하기조차 하다. 그러면서도 이런 작업을 멈추지 못하는 것은 '일제침략이라는 국난의 시대를 맞아 스스로를 버리고 살신성인의 자세로 들꽃처럼 살다 가신 항일여성독립운동가' 를 알리는 일을 그만둘 수 없기 때문이다.

　이번에도 『서간도에 들꽃 피다』〈제7권〉에 실을 애국지사 스무 분을 골라 일생을 정리하면서 한 분 한 분의 삶을 가장 잘 드러낼 수 있는 시를 쓰려고 노력했다. 그러나 솔직히 성에 차지는 않는다. 그것은 당사자들이 돌아가셨기에 직접 만나보지 못한 까닭도 있는데다가 구할 수 있는 자료도 빈약하기 때문이다. 무덤을 찾거나, 후손을 만나보는 일, 생전에 활약했던 곳, 더러는 당시의 신문 기사 따위를 통해 겨우 한 인물의 일생을 더듬어야 하니 어려움이 한두 가지가 아니다. 시에 대한 변명이라면 변명이다.

　그럼에도 이번 〈제7권〉에서 특히 뜻 깊었던 것은, 광복군 출신인 유순희 애국지사(92살)를 직접 만나 뵐 수 있었던 점이다. 비록 몸은 쇠약하여 내일을 기약할 수 없는 상태지만 정신만큼은 또렷이 그 시절을 기억해 내는 것을 보면서 '여성독립운동가의 위대함'을 새삼 느껴보았다. 그건 몇 해 전 95살이면서도 북경 감옥에서의 일을 바로 어제 일처럼 들려주던 이병희(2012년 8월 2일 별세, 애족장, 1996) 지사도 마찬가지였다.

한편, 2016년 11월 2일부터 지난 1월 29일까지 3달 동안 도쿄 고려박물관에서 열렸던 제2회 시화전, 〈침략에 저항한 불굴의 조선여성들 [侵略に抗う不屈の朝鮮女性たち (2)] 〉은 일본인들에게 여성독립운동가를 널리 알리는 뜻 깊은 전시회였다. 이번 시화전은 2년 전 제1회 〈시와 그림으로 엮은 독립운동여성들[詩と画でつづる独立運動の女性たち(1)], 2014년 1월 29일부터 3월 30일〉에 이어 두 번째 열린 시화전으로 일제 침략에 저항한 한국의 여성독립운동가들을 알리는 뜻 깊은 계기가 되었다. 이러한 작업들은 내가 시를 써서 책으로 알리는 작업과 더불어 심혈을 쏟고 있는 일 가운데 하나다.

뿐만 아니라 이번 〈제7권〉에는 오랜 숙원이었던 미주지역에서 활동했던 여성독립운동가들의 발자취를 기록할 수 있어 기쁘다. 미주지역에서 활동한 여성독립운동가 가운데 1차로 하와이지역의 사탕수수 밭에서 모진 노동환경을 이겨내면서 독립자금을 모아 상해임시정부와 조국에 보냈던 황마리아(애족장, 2017), 박신애(애족장, 1997), 심영신(애국장, 1997), 전수산(건국포장, 2002) 애국지사의 삶의 현장을 직접 찾아갔던 것이다.

나는 지난 4월 13일부터 21일까지 9일 동안 하와이 지역을 답사했다. 영어도 짧은데다가 경비도 부족한 나를 위해 하와이에 사는 이상윤 화백과 강복심 사모님께서 숙박은 물론 교통편을 비롯한 여러 편의를 지극정성으로 보살펴준 덕에 하와이에서 활동했던 여성독립운동가 후손과 삶의 현장을 돌아볼 수 있었다. 이 자리를 빌려 두 분께 고개 숙여 깊은 감사의 말씀을 올린다.

아울러 전수산 애국지사의 손자인 티모시 최 선생과의 만남과 여성독립운동가들의 자료를 아낌없이 제공해준 하와이 한인이민연구소 이덕희 소장님의 친절한 배려에도 깊은 감사의 말씀을 전하고 싶다.

나는 그간 국내는 물론이고 일본, 중국대륙을 거쳐 이제는 미주지역까지 발길을 옮겨 먼 이국땅에서 '독립운동에 헌신한 여성' 들을 찾아내는 작업을 해가고 있다. 앞으로도 미국 본토를 비롯해 찾아가봐야 할 곳이 많이 남아 있다. 더 힘을 내야겠다.

살아생전에 여성독립운동가를 직접 뵙지 못했더라도 후손이라도 부지런히 만나봐야겠다는 각오다. 풍찬노숙하며 지켜낸 이 땅의 독립운동가, 특히 사회의 조명에서 비껴난 여성들의 활약에 대해서 누군가는 기록해야한다는 사명감에 어려운 여건임에도 이번에 『서간도에 들꽃 피다』〈제7권〉을 세상에 내놓게 되어 기쁘다.

나의 이러한 작업에 늘 음으로 양으로 힘을 실어주는 지인들과 독자에게 고개 숙여 감사 말씀 올린다. 특히 〈제7권〉에는 인물그림이 많이 들어갔는데 아무런 보상 없이 묵묵히 여성독립운동가를 알리는 일에 힘을 보태주고 있는 한국화가 이무성 화백께도 깊은 감사의 마음을 전하는 바이다. 이제 다시 〈8권〉을 향하여 뛰련다.

단기 4350년(2017) 6월 6일 아침
한뫼골에서 이윤옥 씀

차 례 (가나다순)

탑골공원에서 독립을 외친 가파도 소녀

고 수 선

가파도 어린 소녀
푸른 꿈 펼치려
뭍으로 나선 길

제국주의 침략의 마수로
길 막히고 꿈도 깨져

경성의 학우들과
탑골공원에서
독립의 피울음 토했네

그 피울음
삼천리 차고 넘쳐
광복의 꽃으로
탐스럽게 피어났어라

고수선 (高守善, 1898. 8. 8 ~ 1989. 8.11) **애국지사**

▲고수선 지사 72살 때 모습(1970)

　고수선 지사는 제주출신으로 글쓴이는 그의 아드님인 김률 근(76살) 선생을 찾아뵙기 위해 2016년 9월 29일 제주 오라동 (제주시 정실3길 57)에 있는 선덕어린이집을 찾았다. 선덕어 린이집은 고수선 지사가 어린이 교육을 위해 세운 곳으로 현재 아드님이 운영하고 있다.

　어린이집 입구에는 "선덕어린이집에서 바라는 어린이상은 설립자이신 고수선 애국지사의 유지를 받들어 앞날의 우리 민 족의 기둥이 되도록 자라는 어린이 곧 한민족의 기본정신인 홍 익인간으로 자라기를 바랍니다" 라는 글귀가 적혀있어 고수선 지사가 어린이집에 쏟은 정성을 엿볼 수 있게 했다.

　원장실로 가기 위해 재잘재잘 아이들이 수업 중인 복도를 지 나 다다른 곳은 작은 방이었다. 원장실이라고 부르기도 뭣한 작은 책상 하나가 달랑 놓인 곳에서 수수한 차림의 김률근 원 장은 글쓴이를 반갑게 맞아 주었다. 대담 중에도 아이들은 할

아버지 방이라도 되는 양 자연스럽게 드나들었다. 원장과 유치원생이 아니라 마치 정겨운 할아버지와 손자 사이 같아보였다.

▲ 고수선 지사의 아드님 김률근 원장

"어머니는 내 자식 남의 자식 구분 없이 사랑으로 아이들을 보살폈습니다. 저 역시 평생 아이들과 더불겠다는 각오로 어린이집을 맡아 지금까지 이끌어 오고 있습니다. 세 살 버릇 여든 간다고 어릴 때 교육이 아주 중요하지요."

이야기를 나누기 전에 김률근 원장은 방금 어린이집 정원에서 딴 것이라며 잘 익은 무화과 열매를 맛보라고 내놓았다. 평소 아이들이 자주 따먹는 과일이라고 했다. 김률근 원장의 어머니인 독립운동가 고수선 지사는 일제강점기에 항일독립운동에 뛰어들었으며 한편으로는 경성의전을 졸업하여 한국인 여의사 1호가 된 수재였다. 뿐만 아니라 일찍이 어린이 교육의 중요성을 깨닫고 선덕어린이집을 세워 평생을 어린이 교육에 헌신한 분이다.

고수선 지사는 1898년 남제주군 가파리에서 아버지 고석조(고영조)와 어머니 오영원 사이에서 태어났다. 그의 어머니는 딸에 대한 교육열이 높아 당시 서울구경 한번 하기도 어려운 시절에 고수선 지사의 경성(서울) 유학을 도왔으며 도쿄 유학을 위해 삯바느질도 마다하지 않은 분이다.

여자에 대한 교육이 엄격히 제한되던 시절이었지만 어린 수선은 집에서 10리(4km)나 떨어진 야학에 다닐 정도로 학구열이 높았다. 그런 그는 제주도의 대정공립보통학교와 신성여학교를 졸업하고 꿈에 그리던 경성 유학길에 올랐다. 이 무렵 제주에서 서울로 유학한 여자는 고수선, 강평국, 최정숙 단 세 명으로 고수선 지사 외에 강평국, 최정숙 지사 역시 여성독립운동가로 평생을 헌신한 분이다.

경성으로 올라온 고수선 지사는 조국이 일제에 강탈당한 사실을 보고만 있을 수 없었다. 이들은 만세운동이 일어나기 이전인 1915년부터 1918년 사이에 학교에서 일본교사 배척운동을 전개하였으며 대대적인 만세운동이 펼쳐지던 1919년 3월 1일에는 학생들을 이끌고 탑골공원으로 가서 시위에 참가하였다.

이어 유철향 집 지하실에서 신경우 등 동지, 학생들과 모여 조국에 대한 일편단심을 상징하는 붉은 댕기를 수천 개 만들어 경성여자고등학교 학생들을 통하여 각 학교에 나눠주었으며 신경우·김숙정과 항일 벽보를 붙이는 등 독립운동에 적극 가담하였다.

"(앞줄임) 이번 소요에 관해서 최정숙은 이미 남학생으로부터 2월 26~7일의 독립운동에 관한 의논을 받은 모양이며 27~8일 무렵에는 동숙생(同宿生) 고수선, 강평국, 유재룡, 이명숙, 김일조 등과 상의하여 다만 그 시기가 도래하기만을 기다리고 있었던 행적이 충분하다.(뒷줄임)"

이는 1922년 3월 17일 창덕궁경찰서 순사인 히사마츠 시게

14

루(久松繁)가 경기도 경무국 경시(警視) 데라시마 사이니로(寺島才二郎)에게 보낸 '경성여자고등보통학교 시위관련자 행동 성향 보고서' 기록 가운데 일부다. 이 보고서에는 고수선 지사를 비롯한 여학생들의 시위 동향이 낱낱이 보고되어 있다.

그러나 이러한 그의 활동은 이내 일본 경찰로 하여금 요주의 인물로 찍혀 쫓기는 몸이 되고 만다. 고수선 지사는 왜경을 피해 1919년 3월 중순 상해로 건너가 대한민국임시정부 일에 관여하게 된다. 그가 맡은 일은 군자금 모집으로 그해 11월 일단 귀국하여 370원이라는 거금을 모금했다. 이 자금은 당시 초등학교 교사를 5년간 역임하고 받은 퇴직금이 60원인 시절로 10원을 1천만 원으로 잡으면 대강 3억 7천만 원이란 거액에 해당한다.

21살의 억척 처녀 고수선 지사는 거액을 모금하여 박정식 편에 상해 임시정부로 보내는 등 확고한 군자금 모집 요원으로 활약하였다. 그러나 이 역시 경찰의 감시를 받게 되자 임시정부 요인이었던 장두철의 주선으로 일본으로 건너가 요시오카(吉岡)의 의학전문학교에 입학하게 된다. 일본에 있을 때에도 1921년 도쿄 우에노 공원에서 동지 이덕요·이낙도·이의향 등과 독립운동을 모의하였으며 이 일로 왜경에 잡혀 가혹한 고문 끝에 귀국길에 오른다.

귀국 직후에도 고수선 지사는 독립운동에 관여하다 잡혀 고문 후유증으로 손가락이 불구가 되는 수모를 겪었다. 생전에 그는 손가락 사이에 연필을 놓고 손을 비틀었던 고문이 가장 참기 힘들었다고 증언했을 정도다. 서울로 돌아온 고수선 지사는 경성의학전문학교에 입학하여 한국 최초의 정식 여의사 자격을 땄다. 최초의 정식 여의사에 대한 기사는 1925년 3월 20일 동아일보 기사에 자세히 기록되어 있다.

▲고수선 지사가 정식 여의사가 됐다는 동아일보(1925. 3. 20) 기사

"이 봄에 총독부 의학전문학교를 졸업하는 두 여자 의사가 있습니다. 한 분은 윤보명 양이라고 금년에 스물다섯 되시는 이오, 또 한 분은 고수선 양인데 스물일곱 살입니다. 두 분이 다 남자들만 공부를 하는 총독부 의학전문학교에 입학하여 남녀공학을 하노라고 삼사 년 동안 귀찮은 일도 많이 보며 공부에만 열심히 하야 이번에 영광스러운 졸업을 하게 되었는데 졸업후에 어디서 일을 볼는지 작정치는 않았으나 윤보명 양은 동대문 부인병원에서 실습을 하고 고수선 양은 총독부의원 내과에서 실습을 한답니다." – 동아일보 1925년 3월 20일 –

고수선 지사는 여의사가 된 뒤 역시 의사인 김태민 선생과 결혼해 제주의 조천을 비롯한 한림, 서귀포, 고산 등지에서 의술을 펼쳤다. 그러나 태평양전쟁이 한창일 무렵에는 충청도 강경으로 잠시 생활 터전을 옮겼다가 1·4 후퇴 때 다시 귀향하게 되는데 이때는 의사생활을 접고 본격적인 사회복지활동을 전개하던 때다. 이것은 한국전쟁으로 넘쳐나던 전쟁고아들을 거두기 위한 결심이었다. 고수선 지사는 곧바로 문맹퇴치를 위한 한글 강습소인 제주모자원을 설립하였으며 그 뒤 1951년에는 송죽보육원을 설립하여 어린이 교육에 열정을 쏟았다.

지금의 선덕어린이집은 1969년에 설립하여 고수선 지사가 운영하다가 91살로 숨을 거두게 되자 아드님인 김률근 원장이 어머니의 유지를 받들어 어린이 교육을 맡아오고 있다. 선덕어린이집을 맡아 운영하고 있는 김률근 원장은 아예 원장실을

아이들 교실 옆에 두고 수시로 아이들이 드나들도록 했다. 글쓴이가 찾아갔던 날도 아이들은 다정한 이웃 할아버지 같은 김원장 방을 수시로 드나들며 재롱을 떨었다.

▲ 고수선 지사에게 청소년들은 모두 자신의 아들딸이었다.(60살 때 모습)

한편 고수선 지사는 말년에 제주도 노인회를 설립해 노인들의 권익을 위해 앞장서는 등 사회적 약자인 어린이와 여성 그리고 노인들의 삶의 질적인 향상을 위해 동분서주하는 삶을 살았다. 젊었을 때는 온몸으로 항일독립운동에 참여했으며 광복이후에는 불우한 이웃과 사회를 위한 헌신적인 삶을 인정받아 1978년 용신(容信) 봉사상, 1980년 제1회 만덕(萬德) 봉사상을 받았고, 1990년에는 정부로부터 건국훈장 애족장을 추서받았다.

서훈 받은 제주 출신 여성독립운동가는?

정부로부터 독립유공자로 서훈을 받은 제주 출신 여성독립운동가는 고수선 지사를 비롯하여 부춘화, 부덕량, 김옥련, 최정숙 지사다. 이분들의 대략적인 공훈을 보면 다음과 같다.

● 부춘화 (夫春花, 1908.4.6 ~ 1995. 2.24)

부춘화 애국지사는 해녀 항일운동의 주동자로 활약한 분이다. 1908년 구좌읍 하도리에서 태어나 15살 때부터 물질을 배웠다. 낮에는 힘든 물질을 하면서도 밤이면 하도 사립보통학교 야학부에 들어가 세화리 출신 부대현 선생과 하도 출신 김순종, 오문규 선생으로부터 민족의식 교육을 받았다. 교육을 받는 동안 민족, 자주정신을 싹 틔웠는데 1931년 5월 일제의 해녀 착취가 극에 달하자 이를 저지하고자 해녀들을 단결시켜 일제와 투쟁하는데 앞장섰다. 정부는 고인의 공훈을 기려 2003년 8월 15일에 건국포장을 추서하였다.

*부춘화 지사 이야기는 **서간도에 들꽃 피다 〈제2권〉**에 실음

● 부덕량 (夫德良, 1911.11. 5 ~ 1939.10.4)

부덕량 애국지사는 해녀로 순박한 삶을 살던 꿈 많은 처녀였다. 힘겹게 바다에서 캐어 올린 해산물을 번번이 일제 앞잡이에게 착취당하자 이의 부당함을 주장하기 위해 1932년 1월 7일과 12일 제주도 구좌면 세화장터에서 시위를 벌였는데 이때 부덕량 지사가 앞장섰다. 이날 시위로 부춘화, 김옥련 지사 등과 구속된 부덕량 지사는 한 달 이상 집중 고문을 당하다가 6

개월 뒤에 풀려났다. 그러나 21살 때 받은 고문 후유증으로 끝내 28살의 젊디젊은 나이로 삶을 마감하였다. 정부는 고인의 공훈을 기려 2005년, 건국포장을 추서하였다.

*부덕량 지사 이야기는 **서간도에 들꽃 피다** 〈제6권〉에 실음

●김옥련 (金玉連 1907. 9. 2 ~ 2005. 9. 4)

김옥련 애국지사가 22살 되던 해인 1929년 제주 하도리에는 여성단체로 부인회, 소녀회 등이 조직되어 있었는데, 부인회 회장은 부춘화, 소녀회 회장은 김옥련 지사가 맡고 있었다. 당시 일제의 수탈이 정점에 달하자 김옥련 지사를 포함한 해녀들은 더 이상 참고 있을 수 없다는 결론에 도달하게 되었다. 마침내 1931년 물질을 생업으로 하던 해녀들은 일본 관리들의 가혹한 대우와 제주도해녀조합 어용화의 폐단이 있자 12월 20일 요구조건과 투쟁방침을 결의한 뒤 1932년 1월 7일과 12일 해녀조합의 부당한 침탈행위를 규탄하는 시위운동을 주도하였다. 정부에서는 고인의 공훈을 기려 2003년 건국포장을 수여하였다.

*김옥련 지사 이야기는 **서간도에 들꽃 피다** 〈제5권〉에 실음

●최정숙 (崔貞淑, 1902. 2.10 ~ 1977. 2.22)

1902년 제주 삼도리에서 태어난 최정숙 애국지사는 제주신성여학교(현, 신성여자고등학교)를 1회로 졸업한 뒤 당시로는 쉽지 않은 서울 진명여학교로 유학을 왔다. 경성여자고등보통학교 사범과 시절 3·1만세운동에 참가하였다가 투옥되어 8개월여의 혹독한 옥고를 치렀다. 출옥 뒤에는 질병으로 고통받는 환자들이 의료혜택을 못 받고 있는 것을 보고 1943년 41살의 만학으로 경성여자의학전문학교를 1회로 졸업하여 의사

가 된 뒤 고향 제주로 내려가 의료혜택을 받지 못하는 사람들을 극진하게 보살폈다. 한편, 일제강점기에 폐교된 모교를 되살리기 위해 갖은 노력 끝에 1946년 9월 신성여자중학을 열고 초대 교장이 되어 학생들과 손수 괭이 삽, 삼태기를 들고 학교 운동장을 만드는 등 열악한 교육환경 속에서도 오로지 여성교육에 힘썼다. 정부에서는 고인의 공훈을 기려 1993년에 대통령표창을 추서하였다.

*최정숙 지사 이야기는 **서간도에 들꽃 피다** 〈제4권〉에 실음

하와이에서 임시정부를 적극 도운

박신애

상해의 백범 오라비 편지 받고
고난에 처한 임시정부 이야기에
남몰래 흘린 눈물
태평양 푸른 바다 적시었네

사탕수수밭 고된 노동
소금꽃 핀 웃옷 속
낡은 지갑 털어 임시정부 살린
봉숭아꽃보다 더 붉은
임의 마음

백범일지 먹향 속에
영원히 마르지 않고
새겨 있으리

박신애 (朴信愛, 1889.6.21 ~ 1979.4.27) 애국지사

▲박신애 지사,
이덕희 하와이한인이민연구소장 제공

"독립운동가 후손으로 자랑스러운 점을 들라하면 제 자신의 뿌리가 한국인이라는 점입니다. 특히 부모님이 한국의 독립을 위해 큰 노력을 했다는 것이 가슴 뿌듯하며 실제로 그러한 노력의 결과 광복을 맞았다는 사실은 자손으로서 영광스러운 일이지요" 박신애 애국지사의 따님인 에스더 천 씨는 2015년 항일영상역사재단과의 대담에서 이렇게 말했다.

하와이로 건너가 하와이 대한부인구제회를 중심으로 대한민국임시정부의 활동을 지원하면서 독립운동을 펼쳤던 박신애 지사는 1920년대 말 임시정부 주석 백범 김구로부터 임시정부가 재정부족으로 매우 어려운 상황에 처해 있다는 한 통의 편지를 받게 된다.

당시 사탕수수 노동자로 하와이 땅을 밟은 사람들의 삶이 그렇게 넉넉하지는 않았지만 임시정부가 재정적으로 큰 어려움에 처했다는 소식을 듣자 박신애 지사를 비롯한 여성들은 허리띠를 졸라매는 고통을 참아내면서 독립자금을 모아 임시정부에 보냈다.

어려움 속에서도 임시정부에 독립자금을 보내준 하와이 여성독립운동가들의 고마움을 백범 김구는 그의 자서전에 잊지 않고 그 이름 석 자를 남겼다.

"나의 통신(하와이 동포들에게 쓴 편지)이 진실성이 있는데서 점차 믿음이 생기기 시작하였다. 그리하여 하와이의 안창호(여기 안창호(安昌鎬)는 도산 안창호(安昌浩)와는 다른 인물로 하와이 국민회 계통 인물이다.), 가와이, 현순, 김상호, 이홍기, 임성우, 박종수, 문인화, 조병요, 김현구, 안원규, 황인환, 김윤배, 박신애, 심영신 등 제씨가 나와 (임시)정부에 정성을 보내주기 시작했다." 『백범일지, 도진순 주해, 돌베개, 320쪽』

박신애 지사를 비롯한 하와이 여성독립운동가들은 1919년 3월 15일 하와이 각 지방 부녀대표 41명이 호놀룰루에서 모여 조국 독립운동을 후원할 것을 결의했다. 이에 3월 29일 2차대회에서 대한부인구제회를 결성하였으며(회장 황마리아) 이들은 임시정부의 외교선전 사업에 적극 동참하여 조선이 독립국임을 국외에 선포했을 뿐 아니라 3·1만세운동 때 순국하거나 부상당한 고국의 가족들을 돕는 구제사업을 지속하였다. 그 한 가운데 박신애 지사도 당당히 회원으로 활동하였던 것이다.

박신애 지사가 속한 하와이 대한부인구제회 회원들의 임시정부 후원사업은 일시적인 일이 아니었다. 그를 입증해주고 있는 것이 백범 김구의 편지다. 이 편지를 통해 임시정부 후원이 1919년부터 1941년까지 지속되고 있음을 알 수 있다. 다음은 박신애 지사에게 김구 선생이 보낸 편지로 이때 박신애 지사

나이는 52살이었다.(아래 편지글은 1941년 당시 표기임)

"박신애 누이 보시요. 그간에 편지를 하랴고 하엿지만 먼전에 알튼 각기가 발작이 되여서 고생을 하고 둘제로는 중경에 공습이 심하여서 방공동으로 피란하러 다니고 또는 더위가 백여 도까지 더워서 잇때까지 집필을 못하엿소. 그간 집안 식구들은 다 무고하신지요. 성경에 이르는 말과 갓치 이 세상은 끝날이 도달한 것 갓소. 사람의 죽엄이 산갓치 쎘다는 글은 봤지만 지난 류월 오일에 중경에서 큰 불행 사건인 수도에서 숨이 맷켜 죽은 시체 수천명의 송장뎅이를 나는 친히봤소. 그때에 우리 동포들도 각각 나노아 몃곤대 방공동의 피란을 햇지만 한사람도 상한 사람이 없으니 만행이라 하겟소. 이제 미국이 참전하는 날이면 세계대전장이 이러나는 날인데 세계락원에서 살던 하와이 동포들도 필경은 우리와 갓치 방공동 생활을 하시리라 생각하오. 한 가지 부탁할 것은 공습피란하라는 명령이 날 때에는 명녕대로 남녀노소를 무론하고 꼭 피하기를 바라오. 전 집안 평안하시기를 바라오."   - 1941년 7월 25일 오라비 김구 -

길지 않은 편지글이지만 이 편지를 통해 당시 일제가 저지른 중일전쟁(中日戰爭, 1937년 7월 7일 일본의 중국 대륙 침략으로 시작되어 1945년 제2차 세계 대전이 끝날 때까지 계속된 중국과 일본 사이에 일어난 전쟁)으로 중국에서 독립운동을 하던 임시정부 요인과 동포들의 어려움을 어렴풋하게나마 이해할 수 있을 것이다.

백범 김구는 중경의 공습을 겪으면서 하와이 동포들을 걱정하는 편지를 박신애 지사를 통해 남겼다. 지도자로서 남의 나라에서 고통을 받고 있는 동포들의 생활을 걱정하는 모습이 편지에 고스란히 담겨있음을 알 수 있다. 당시 임시정부는 본국뿐만 아니라 만주와의 연락이 모두 끊겨 경제적으로 매우 어려운 상황에 처해 있었다.

▲ 박신애 지사 가족(1945) 앞줄 왼쪽 두 번째가 박신애 지사
대한민국임시정부기념사업회 제공

황해도 봉산(鳳山) 출신인 박신애 지사는 하와이 대한부인구
제회에서 중심 역할을 하던 중 1937년 중일전쟁이 일어나자
조국 독립의 기회로 여기고 중국 관내에서 활동하던 임시정부
와 밀접한 관계를 이루며 독립운동을 펴나갔다.

한편 중국에서는 임시정부를 지지하는 한국국민당, 한국독
립당, 조선혁명당 등 중국 내 독립운동단체들이 중심이 되어
한국광복진선(韓國光復陣線)을 결성하였는데 여기에는 미주
지역의 6개 단체들도 참가하였다.

박신애 지사는 대한부인구제회 대표로 광복진선에 참가하였
다. 한국광복진선은 중일전쟁을 한·중 민족의 생사존망이 걸
린 중대한 계기로 삼고, 중국과 함께 항일전선에 참가할 것을
결의하는 등 한중연대를 강조하던 단체였다.

"어머님께서 조국의 독립을 위해 한국의 공동체와 긴밀한 연락을 취하면서 상해 임시정부를 적극 도왔던 일은 후손으로서 더 없이 자랑스러운 일입니다" 박신애 지사의 따님인 에스더 천 씨의 말이 아니더라도 이국땅 하와이에서 혼신의 힘으로 조국 독립을 위해 뛴 박신애 지사의 활동에 고개가 수그러든다.

사탕수수밭 이민노동으로 하와이에 진출하여 피땀 흘린 돈을 벌어 독립운동에 기꺼이 동참했던 하와이 여성독립운동가들의 삶을 취재하기 위해 글쓴이는 2017년 4월 13일부터 21일까지 하와이를 방문했다. 초기 이민자들의 흔적을 볼 수 있는 와이파후에 있는 하와이 플랜테이션 빌리지(Hawaii's Plantaion Village)를 찾은 것은 19일(현지시각) 오후였다.

▲ 하와이 사탕수수밭 자료관인 플랜테이션빌리지 조선관 앞에서 글쓴이

▲ 고국의 무쇠솥이 걸려있는 조선관 부엌

▲ 동포들은 자수로 수놓은 고국의 지도를 걸어두고 향수를 달랬다.

　이곳은 한국, 중국, 하와이, 일본, 필리핀, 오키나와, 포르투갈, 푸에르토리칸 등 8개 소수민족의 이민 선조들의 삶을 한곳에서 엿볼 수 있는 민속박물관으로 한국인 노동자들의 숙소는 "조선인 가옥" 으로 꾸며 놓았다.

　노동자 숙소라 초라하기 그지없지만 좁은 공간이나마 조선인 노동자들은 울밑에 봉숭아를 심고 집안에는 고운 자수로 조선의 지도를 수놓아 걸어두는 등 고국을 그리워하던 모습을 엿볼 수 있었다. 100여 년 전 하와이로 진출한 동포들이 독립자금을 모아 조국 광복에 초석을 놓았던 역사적 사실을 되새기며 하와이 플랜테이션 빌리지(Hawaii's Plantaion Village)와 사탕수수 농장이 있던 곳을 돌아보면서 가슴이 뭉클했다.

　특히 이번 취재에서는 박신애 지사를 비롯하여, 심영신, 전수산, 황마리아 등 하와이 독립운동사에서 영원히 새겨야할 여성독립운동가를 중심으로 그 발자취를 돌아보는 뜻 깊은 시간을 가졌다.

　*하와이 출신 독립운동가 심영신, 전수산, 황마리아 지사 이야기는 이 책 〈차례〉 참조

황해도 재령의 만세운동을 이끈

박 원 경

흰 학이 점지한 땅
백령도 백의천사

열여덟 꽃다운 나이
두려움 떨치고

황해도 재령땅
만세운동 이끌면서

총칼 든 왜경에
목숨 구걸치 않았으니

그 자태
학처럼 고고하여라

박원경 (朴源炅, 1901. 8. 19 ~ 1983. 8. 5) **애국지사**

▲박원경 지사, 그림 한국화가 이무성

　"1945년 9월 13일 오후 3시 경성부 인사정(仁寺町) 승동(勝洞) 예배당에서는 부인동지 약 51명이 회합하여 유각경을 임시의장으로 추대하고 한국애국부인회(韓國愛國婦人會)의 발회식이 거행되었다. 한국애국부인회의 강령은 1) 지능(智能)을 계발하여 자아 향상을 기함 2) 민족공영의 사회건설을 기함 3) 여권을 확충하여 남녀 공립(共立)을 기함이었다."

　이는 〈매일신보〉 1945년 9월 13일 기사로 광복의 기쁨도 잠시 접고 박원경 지사는 새로운 대한민국을 이끌어갈 여성 조직인 한국애국부인회 간부로 참여하고 있었다. 이 조직의 위원장은 유각경, 부위원장은 양한나이며 박원경 지사는 총무부장으로 뽑혀 광복 후 여성들의 부인계몽운동에 앞장섰다.

　간호사 출신 독립운동가 박원경 지사는 1919년 3월 황해도에서 일어난 독립만세운동을 주도한 인물이다. 박원경 지사는 황해도 백령도가 고향으로 아버지 박근회와 어머니 김충신 사이에서 1901년 8월 19일 태어났다. 4년 뒤 황해도 장연으로 이주한 어린 원경은 장연주일학교를 다니게 되는데 이때 독립운동가 김태연 목사로부터 유아세례를 받고 이것은 훗날 독립운동의 길로 나가는 계기가 되었다.

이후 일신보통학교를 졸업하고 평양의 숭의여자중학교를 마친 뒤 평안남도의 보명학교, 황해도 재령의 대영학교에서 교육자의 첫발을 내딛는다. 박원경 지사가 교사로 재직하던 1919년 3월 2일 김태연 목사로부터 긴급한 연락을 받게 되어 상경한 그는 세브란스병원 지하실에서 태극기와 독립선언서를 전해 받고 만세운동에 참여할 것을 권유받는다.

김 목사로부터 전해 받은 태극기와 독립선언서를 가슴에 품고 고향 재령으로 내려온 박원경 지사는 1919년 3월 재령군 남율면 해창리 만세운동을 주도하다 왜경에 잡히는데 박원경 지사를 잡아가던 헌병보조원들을 향해 "너희는 조선놈들 아니냐! 나를 잡아다 주고 무슨 큰 상을 탈 것 같으냐!" 라며 큰소리로 꾸짖었다는 일화가 있다. 그해 징역 3년을 언도 받고 해주감옥에서 2년 6개월의 옥고를 치르게 된다.

만기 출옥 이후에 황해도 해주에 있는 의정학교 교사로 지낼 때는 끊임없이 상해 임시정부에 군자금을 보냈으며 아버지의 전 재산을 임시정부 독립자금으로 보낸 것으로 널리 알려져 있다. 박원경 지사는 왜경의 요시찰 명부에 올라 지속적인 감시를 받게 되면서도 이에 굽히지 않고 1922년 방신영, 홍에스더, 김필례 등과 함께 YWCA를 조직하여 초대임원(재정위원)으로 활약하게 되는데 왜경의 눈을 피하기 위해 박용애(朴容愛)라는 이름을 쓰기도 했다.

당시 YWCA는 기독교 여성들이 주축으로 민족주의 사상을 심어주기 위한 전국적 규모의 단체였으나 표면적으로는 농촌

계몽 운동과 물산장려운동, 금연, 금주, 공창(公娼) 폐지 등을 내세우며 민족의식을 높이는데 앞장섰다.

▲박원경 지사가 잠들어 있는
국립대전현충원 애국지사 제4묘역(149)에서 글쓴이

이후 박원경 지사는 히로시마여학교 고등부를 마치고 다시 국내로 들어와 서울 동대문부인병원에서 간호과 2년, 산파과 1년을 이수하여 두 개의 면허증을 취득하였으며 16년간 동대문부인병원에 근무하면서 평생 독신으로 수많은 독립운동가 가족을 뒷바라지했다.

박원경 지사는 결혼을 하지 않았으며 강원도 양양군에서 농촌계몽운동을 할 때 홍역으로 사경을 헤매던 어린이를 서울로 데려와 치료받게 한 것이 인연이 돼 양아들로 삼아 (박길준 연세대 석좌교수, 법과대학장 역임) 평생 함께 살았다.

1983년 8월 5일 82살을 일기로 숨을 거둔 박원경 지사에게 정부는 독립운동의 공훈을 기려 2008년 건국훈장 애족장을 추서하였다. 2009년 10월 6일 국립대전현충원 애국지사 제4묘역(149)에 안장되어 영면에 들었다.

 2017년 5월 31일 박원경 지사의 무덤을 찾아 뫼절(참배)을 했다. 묘비에는 "우리는 예수 그리스도의 정신을 이어 받아 하나님을 경외하고 나라와 민족을 사랑하여 이웃을 위하여 봉사하는 삶을 살아야합니다." 라는 글귀가 서울 동대문감리교회 여선교회 이름으로 새겨져 있었다. 무덤을 돌아보며 평소 박원경 지사의 '이웃사랑 정신'을 되새겨 보았다.

3 · 1만세운동 정신을 일깨운

박 자 선

독립만세 일주년 축하 격문
가슴 속 고이 품고
대전으로 치닫던 날

들킬세라
조여 오는 심장의 박동소리
이천만 동포의 함성이요
피 끓는 염원이라

격문 나르다 잡힌다 해도
초개처럼 버린 목숨
아깝지 않다만

행여 동지들 잡혀
독립의지 꺾일까
살얼음 걸은 길
그 누가 알까?

박자선 (朴慈善, 1880. 10. 27~1920년 만세운동 당시 41살, 숨진 날 모름)
애국지사

거국적인 3·1 만세운동이 일어난 지 1년째 되던 1920년 3월, 41살의 박자선 지사는 독립운동가 박기영으로부터 은밀한 부탁을 받았다. 그것은 다름 아닌 '대한독립 1주년 기념축하 경고문'이 인쇄된 전단지의 운반을 부탁 받은 것이다. '대한독립 1주년 기념축하 경고문'의 내용은 "3·1 만세운동 1주년을 맞이하여 남녀 학생들은 동맹휴교를 하고 상가는 문을 닫아 일제히 조선이 자주 독립국임을 만천하에 알리자"는 것이었다.

이러한 내용이 인쇄된 전단지는 2월 28일 경성부 안국동 114번지에 사는 박자선 지사 집으로 박기영이 직접 가지고 왔다. 이에 앞서 박기영은 이동욱, 장병준 등과 함께 다가오는 3월 1일, 조선독립선언 제1주년 기념일을 맞이하여 2월 26일의 동맹휴교와 상점 철시(撤市)를 권유하는 경고문을 인쇄하기로 협의한 뒤 비밀리에 경기도 고양군 숭인면 청량리 119번지에 사는 유진상 집에서 2만장의 경고문을 찍어내었던 것이다.

이들이 다량으로 찍어 낸 경고문은 대한독립일주년축하경고문(大韓獨立一週年祝賀警告文)이었다. 그런데 이 경고문 말고도 1920년 2월 27일자 혈성단(血誠團) 명의로 3월 1~2일 휴교를 촉구하는 문건과 2월 28일치 대한민국 국민대회 결사단 명의로「혈루를 흘리자」라는 문건, 그리고 이를 총괄하는 선언문 형식의 1920년 3월 1일치「대한독립일주년축하경고문」이 대한국민회 이름으로 만들어졌는데 박자선 지사가 배포한 문건은 3월 1일치인『대한독립일주년축하경고문』이다.

박기영으로부터 비밀리에 받은 경고문을 전달하기 위해 박자선 지사는 곧바로 대전역으로 달려갔다. 대전에서는 미리 연락을 해둔 역 앞 조선여관에 독립운동가 이길룡이 와 있었기에 바로 전달할 수가 있었다. 박 지사는 이길룡에게 경고문이 들어 있는 보따리 1개를 건넸다. 그리고 그 길로 다시 지령을 받은 대구로 내려갔다. 그러나 대구에서 만나기로 되어 있는 최일문이 부재중이라 전달하지 못한 채 마지막 전달지인 마산으로 향했다.

▲격문을 동지에게 전달하러 가는 박자선 지사,
그림 한국화가 이무성

마산부(馬山府) 동부 상남동 97번지에 있는 운송점 사무실에는 독립운동가 팽동주가 기다리고 있었다. 박 지사는 팽동주에게 인쇄물 한 포대와 최일문에게 전하지 못한 보따리 1개를 전해주었다. 41살의 박자선 지사가 전단지를 비밀리에 전달하는 일은 쉬운 일이 아니었다. 당장 잡히면 가혹한 고문이 따르는 것은 각오해야 했고 자칫 목숨마저도 잃을 수 있는 것이 독립운동임을 누구보다도 잘 아는 터이기에 선뜻 이 일에 뛰어들기란 쉽지 않은 일이었다.

인쇄물의 분량도 분량이지만 경성에 살고 있으면서 대전, 대구, 마산 등을 왜경의 눈을 피해 다니는 일 자체가 가슴을 졸이는 일이 아닐 수 없다. 잡히는 날이면 끝장이라는 것을 알면서도 박자선 지사는 만세운동 자료를 흔쾌히 전달했다.

하지만 이 과정에서 왜경에게 잡혀 박자선 지사는 1920년 12월 21일 경성지방법원에서 이른바 정치범처벌령, 출판법위반, 보안법위반 등의 죄명으로 징역 1년을 선고받아 옥고를 치러야했다. 정부는 고인의 공훈을 기려 2010년에 건국훈장 애족장을 추서하였다.

더보기

1920년 대한독립운동 일주년 기념행사의 진정한 의의

총독부기관지 〈매일신보〉는 1920년 3월 10일 기사에 3·1 만세운동을 기하여 독립운동의 재발을 막기 위한 조선총독부 학무국장의 지시 사항을 수시로 보도했다. 그들은 각 도지사와 학교장에게 이른바 '삼일운동 기념 예방책'을 지시했으며 경기도와 평안남도 등에서는 2월 25일 공사립학교장회의를 열어 총독부학무국의 지시를 전달하는 등 부산했다.

이러한 상황에서 '1920년 대한독립운동의 일주년 기념행사의 경고문 사건'은 3·1독립운동사에 큰 의의를 지닌 사건이라고 할 수 있다. 이 사건의 요지는 3·1 만세운동 1주년을 맞이하여 대대적인 국민대궐기대회를 꾀하기로 한 유진상, 박기영, 이동욱, 장병준, 박자선 등이 경고문(警告文)을 대량 인쇄하여 대전, 대구, 마산 등지에 배포한 사건이다.

이 사건의 중대함을 총독부에서도 인지하고 있었는데 일제가 이 사건을 심도 있게 처리한 것만 봐도 알 수 있다. 일제는 보통 3개월이면 선고와 언도 과정 모두를 끝내던 관행을 깨고 이 사건을 장장 10개월 이상 끌고 갔다. 심문과 재판을 지연하면서 심문 인원도 무려 23명이나 된 것은 이 사건의 중대성을 뜻한다.

이 사건에서 중요한 역할을 했던 인물은 다량의 인쇄물을 찍어준 유진상 지사다. 1920년 당시 인쇄술은 보급이 거의 안 되던 시절로 이미 1919년 독립선언문을 찍은 천도교의 보성사는 3·1 만세운동 일주년 기념행사를 앞두고 감시를 받고 있던 상황이라 같은 곳에서 찍을 형편이 못되었다. 그래서 다른 곳을 찾던 중, 당시로선 최신식 인쇄시설을 갖추고 있던 제칠일안식일예수재림교회 산하 기관인 〈시조〉를 발행하던 시조사에서 찍게 된 것이다.

당시 3·1 만세운동 1주년을 전국에 알릴 수 있는 유일한 방법은 전단지를 인쇄하여 배포하는 방법 밖에는 없었다. 따라서 전단지를 인쇄할 수 있는 곳을 찾기가 쉽지 않은 상황에 인쇄업자인 유진상(1888. 9. 5 ~ 1974. 12. 28, 2008년에 건국훈장 애족장) 지사가 합류하게 된 것이다.

유진상 지사는 1920년 2월 23일, 경기도 고양군 숭인면 청량리(현 서울)에서 이동욱이 작성한 "대한독립 1주년 기념 축하 경고문" 을 보고, 경고문 인쇄 및 배포에 동참하기로 마음을 먹었다. 경고문 내용은 "우리들 조선인은 끝끝내 작년 3월 1일의 독립선언 취지를 체득, 그 기념일인 3월 1일을 기해 조선독립의 목적을 달성하기 위하여 남녀 학생은 동맹 휴교하고 상점은 폐점하여 조선인은 일제히 자유만세를 높이 부르라" 는 것이 주된 것이었다.

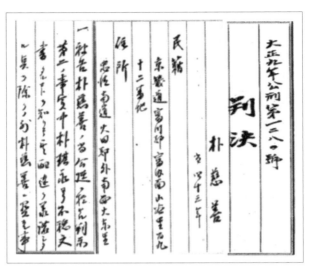

▲ 박자선 지사 판결문 (경성지방법원,1920,12,21)

유진상 지사는 2월 24일, 이동욱으로부터 경고문을 받아 인쇄기를 준비하여 26~27일 이틀간 이동욱, 권학규와 함께 2,300장 가량을 인쇄하였다. 이날 사건에 대해 1920년 22일 치 〈조선일보〉 보도를 통해 관련 내용을 살펴보자.

"작년(1919년) 십일월 경부터 조선 각지에서 조선독립운동사건이 일어났음을 인하여 비밀이 조선독립운동을 하며 손병희 외 47인이 조선독립선언서를 발표할 때 그를 찬성하여 오다가 본년(1920) 삼월 일일 경, 위의 독립선언 일주년이 됨으로 조선독립선언의 일주년 기념일을 목표로 하여 운동하다가 발각되었던 이동욱, 박자선, 장숙순, 이길용, 유진상, 팽동주, 서소석, 유진익, 표성천 등의 십 명은 지난 14일 경성지방법원 형사부 4부 제 7호 법정에서 공판을 받았던바 동 법원 형사부에서 금일 오전 10시부터 이동욱 이하 10명에게 각각 판결 언도하였다."

그러나 한 가지 안타까운 것은 박자선 지사에 대한 기록이다. 박자선 지사의 기록으로 유일한 것은 1920년 12월 21일 경성 지방법원의 판결문 내용이 전부다. 그 전문은 다음과 같다.

"피고 이동욱, 장병준은 박기영이란 자를 만나 동월(2월) 28일 경성부 안국동 114번지 피고 박자선 집에서 동인(박자선)에게 그 경고문 각 수백 장을 신문지 포대에 넣어 3포를 교부하고 충청남도 대전역에 피고 이길용(李吉用), 대구부(大邱府) 남성정(南城町)에 최일문(崔一文), 마산부(馬山府) 상남동(上南洞)에는 팽동주(彭東柱)에게로 각 한보따리를 송부하도록 부탁하였다.

피고 박자선은 피고 이동욱과 장병준의 위의 계획에 찬동하고 그 인쇄물을 가지고 그날로 대전역에 가서 그 역 앞 조선여관에서 이길용과 만나 앞의 인쇄물이 든 보따리 1개를 동인(이길용)에게 교부하고 또 대구부에 가서 최일문을 방문하였으나 부재중이어서 만나지 못했다.

다음날 29일 마산부에 가서 동부 상남동 97 운송점 사무실에서 피고 팽동주를 만나서 인쇄물 1포대와 최일문 앞으로 동 보따리 1개를 주고 팽동주의 것은 마산부 내에 배포하고 최일문의 것은 송부하도록 부탁하였다. 그리고는 경성으로 돌아왔고 피고 이길용은 박자선으로부터 받은 신문지 포대와 이동욱으로부터 받은 인쇄물을 대전 시가에 배포하라는 부탁의 편지를 받고 그 부탁에 응하였다."

41살의 나이로 3·1 만세운동 1주년이라는 중차대한 기념식을 앞두고 전국적인 대규모 시위 집회를 꾀하던 '1920년 대한독립운동의 일주년 기념행사의 경고문 사건' 주동자 10명 가운데 유일한 여성독립운동가였던 박자선 지사의 행적은 이 이상 알려지지 않고 있어 아쉽다.

한 가지 의문은 인쇄를 맡은 유진상 지사와 박자선 주소가 당시 경성부 안국동 118번지로 같다는 점이다. 유진상 지사에 대한 자료는 〈월간 순국〉 231호~233호 '대한독립운동 일주년 기념 축하 경고문의 실체' (상중하) , 김홍주 목사의 기록 속에 나오는 것이고, 박자선 지사의 주소는 1920년 12월 21일 경성지방법원 판결문 주소에 따른 것이다.

어째서 이들의 주소가 같은 것인지 궁금하지만 현재로선 박자선 지사에 대한 추가 자료가 나오지 않아 알 수 없는 상황이다. 이 부분에 대해서는 박자선 지사에 대한 추가 자료가 나오는 대로 보충할 계획이다. 하지만 3 · 1 만세운동 1주년을 맞아 대대적인 국민 궐기대회를 꾀했던 사건의 중심에 41살의 박자선 지사가 있었다는 사실만은 잊지 말아야 할 것이다.

중국인으로 독립에 뛰어든
송 정 헌

절강성 항주의 아름다운
천하 절경 뒤로하고

조선인 남편 따라
독립투쟁 뛰어들어

가시밭길 걸어 온
한평생의 삶

구순의 나이로
남경의 한 병원서
쓸쓸히 숨 거두던 날

갓 피어난 봄꽃들만
가시는 길
환하게 비추었네

송정헌 (宋靜軒, 1920.6.17 ~ 2010. 3.22) 애국지사

▲21살 무렵의 송정헌 지사(1940), 그림 한국화가 이무성

송정헌 애국지사는 중국인으로 독립운동에 참여하여 1990
년 대한민국정부로부터 건국훈장 애족장(1990년)을 받은 분
이다. 송 지사는 중국 항주에서 태어나 1937년 강서성 노산구
강 폐병원에서 간호사로 근무 할 때 훗날 남편이 되는 유평파
지사의 형 유진동 선생을 만났다. 중국 절강성 항주(浙江省 杭
州)는 아름다운 서호를 끼고 있는 뛰어난 경관을 자랑하는 곳
으로 소주(苏州)와 더불어 한국에도 널리 알려진 곳이다. 중국
인들은 '소주에서 태어나 항주에서 사는 것이 인간의 행복' 이
라고 말할 정도로 사람살기 좋은 곳이며 소동파와 같은 대시인
이 이곳에서 시를 읊었던 곳이다.

송정헌 지사가 평생의 반려로 삼은 한국인 독립운동가 유평
파 지사를 만난 것은 그의 형 유진동 선생을 만난 인연으로 비
롯된다. 유진동 선생은 임시정부 백범 김구 주석의 주치의로

1928년 중국 상해 동제(同濟)의과대학에 다닐 때부터 한인학우회를 결성, 서무위원으로 활동하며 김구 주석을 도와 독립운동에 참여했다. 송정헌 지사와의 인연은 송 지사가 근무하던 병원장으로 유진동 선생이 부임하면서 동생인 유평파 지사를 소개하여 송정헌, 유평파 독립운동가 부부가 탄생한 것이다.

송정헌 지사는 1938년 남편과 함께 유주(柳州)에서 결성된 한국광복진선청년공작대(韓國光復陣線靑年工作隊)에 입대하여, 적의 후방공작과 첩보수집 활동을 하였다. 결혼 무렵 남편 유평파 지사는 김구 주석의 경호원으로 활동하고 있었다.

대한민국임시정부가 상해를 떠나 중경에서 광복을 맞이할 때까지 27년간 피난생활을 하면서 유주에 도착한 것은 1938년 11월 말이다. 유주에서 임시정부의 짐 보따리를 풀 때 임시정부는 매우 어려운 여건이었지만 1939년 3월 1일 용성중학 강당에서 3·1만세운동 20주년 기념대회를 열고 기념선언문을 발표하는 등 독립에의 열정을 놓지 않았다. 임시정부는 기념선언에서 독립운동이 나아갈 방향을 제시하고 광복 후의 건국강령을 선포하였다. 또한 한국의 청년들을 모아 한국광복진선청년공작대를 결성하여 독립운동의 새로운 방향과 방법을 모색하였다.

송정헌 지사가 참여한 한국광복진선청년공작대는 문화선전의 활발한 활동을 벌여 침체된 임시정부에 새로운 동력을 제공하였다. 청년공작대는 광복군으로 이어지는 무장 투쟁의 토대를 마련하는 중요한 조직으로 그동안 여러 갈래의 독립운동이 통합을 이루어가는 과정에서 맺어진 결실로서, 독립운동에 새로운 활력을 불어넣는 활동력을 가진 단체였다.

청년공작대는 유주의 항전단체와 연대하여 활발한 문화선전 활동을 벌였다. 특히 곡원극장에서 연 유예대회는 청년공작대의 실천적 활동력을 보여주고 한국독립운동의 의지와 열정을 중국인들에게 심어주었을 뿐 아니라 한·중 사이의 연대를 성공적으로 이룩하는 계기를 만들었다.

송정헌 지사는 대한민국임시정부의 중경시절, 김규식 부주석의 부인인 김순애, 천도교 청우당위원장 최덕신의 부인인 유미영 등과 더불어 한국혁명여성동맹(韓國革命女性同盟)에 가입하여 창립요원으로 활동하였으며 한국독립당원(韓國獨立黨員)이 되어 활약하였다.

중국인으로 중국 땅에서 조선 독립을 위해 헌신하던 송정헌 지사는 1945년 8·15 광복과 함께 남편과 일시 귀국하였으나 김구 주석의 밀사로 다시 중국에 재입국하였다. 그러나 남편이 그만 성홍열로 상해에서 숨을 거두는 불행을 만나게 된다. 남편 유평파 지사의 나이 37살이었으니 참으로 기구한 운명이었다. 그 뒤 송정헌 지사는 어린 자녀들을 돌보기 위해 남경의 한 병원에서 간호사로 일했으며 그곳에 정착하게 된다.

하지만 다행히도 장성한 아들 유수송이 1990년(당시 50살) KBS교향악단 단원으로 꿈에 그리던 고국에 정착하게 되자 한국과 딸이 살고 있는 남경을 오가다가 지난 2010년 91살의 나이로 남경의과대 제2부속병원에서 심장병으로 숨을 거두었다. 송정헌 지사는 슬하에 3남 1녀를 두었는데 큰아들 유수송(劉秀松, 예화원 대표) 씨는 1938년 중국 광주에서 태어나 상해 음악학원을 졸업한 음악가다.

그는 독립운동가 부모 밑에서 갖은 고생을 하며 음악가의 길을 걸어오다 아버지의 고향인 조국에서 1988년 6월 영주권을 얻었다. 큰손자 유승남 씨는 백범사상실천운동연합 이사와 경교장복원범민족추진위원회 공동 집행위원장을 맡아 할머니 송정헌 지사가 못 이룬 꿈을 향하여 고국에서 열심히 살고 있다.

▲할머니 송정헌 지사에 대해
자세한 이야기를 들려준 장손 유승남 씨

2017년 4월 3일 유승남 선생을 만나러 시청 앞 사무실에 들렀을 때 그는 밝은 표정으로 글쓴이를 맞이하여 정성스런 차를 대접하며 할머니와의 추억을 들려주었다.

한편 유승남 선생의 이모인 샤녠성(夏輦生, 69살) 씨는 중국의 유명한 소설가로 1999년 김구 주석이 가흥(嘉興)에서 피난할 때 뱃사공과의 애틋한 사랑 이야기를 다룬 실화소설『선월(船月)』을 펴낸 분이다. 샤녠성 작가는 또한 김구 주석의 전기소설인『호보유망-김구재중국(虎步流亡-金九在中國)』과 2001년에는 윤봉길 의사의 일생을 다룬 전기소설『회귀천당(回歸天堂)』을 펴내는 등 한국의 독립운동가의 삶을 조명하는 일에 앞장서고 있다.

송정헌 지사 남편 유평파 선생도 독립운동가

유평파(劉平波, 1910.10.5 ~ 1947.5.9) 지사는 김구 주석의 경호원이자 유진동 선생의 동생이다. 유평파 지사는 평남 강서군 출신으로 1938년 형 유진동을 따라 중국으로 망명했다. 1938년 10월 유주(柳州)에서 조직된 한국광복진선청년공작대에 입대해 정보수집과 초모(징집) 공작 활동을 하다가 김구 주석의 눈에 띄어 한국독립당원이 됐다.

1944년 대한민국임시정부 내무부 경위대 소속으로 김구 주석의 경호에 전념하는 한편 각종 공작과 중요인물의 비밀연락 업무를 맡았다. 광복 뒤 임시정부 요인들과 귀국한 선생은 김구 주석의 특별지시를 받고 중국에 재입국한 뒤 1947년 5월 9일 성홍열로 상해에서 37살의 나이로 별세했다. 정부는 고인의 공훈을 기려 1990년 건국훈장 애국장을 추서했다.

백범 김구의 주치의 유진동 선생은 유평파의 형

유진동(劉振東, 1908년 ~ ?) 지사는 대한민국임시정부 주석인 김구의 주치의로 한국광복군총사령부 군의처장을 지낸 인물이다. 중국 상해에서 동제(同濟)의과대학을 졸업하였으며, 재학 시 한인학우회(韓人學友會)를 결성하여 서무위원으로 활동하였다.

1931년에는 학우회 대표로 상해에서 열린 한인각단체대표
회의(韓人各團體代表會議)에 참석하였으며 1931년부터 1934
년까지 흥사단 원동위원부(遠東委員部)에 소속되어 활동하였
고, 1932년 1월에는 동지들을 모아 상해한인청년당(上海韓人
靑年黨)을 조직하였다. 1933년에는 한국독립당원(韓國獨立黨
員), 1936년에는 민족혁명당원(民族革命黨員)으로 활동하였
으며 1940년부터는 광복군사령부(光復軍司令部)의 군의처장
(軍醫處長)이 되었다.

1945년 11월 김구 주석 등 임시정부 요인들과 함께 환국하
였으나 다시 중국으로 출국하였다. 1950년 강소성(江蘇省) 남
경 홍십자회 내과 주치의가 되었으나, 임시정부 활동 전력 때
문에 중국 공산당 하에서 직장을 잃고 만다. 1957년 조선민주
주의인민공화국 주석 김일성의 도움으로 함경북도로 귀국하였
고, 병 치료를 위해 평양으로 간 이후 행적은 알려져 있지 않다.
정부는 고인의 공훈을 기려 2007년에 건국훈장 애국장을 추
서하였다.

맹인의 몸으로 만세운동에 앞장선

심 영 식

독립을 갈망하는
태극기 물결 속
울부짖는 동포의 절규

들리되 보이지 않는 깊은
절망의 나락에서
고통의 바다에서

들려오는 동포의
피 끓는 심장 박동소리
한줄기 빛 삼아

뛰어든 만세운동
광복으로 열매 맺었네

심영식 (沈永植, 1896. 7.15 ~ 1983.11.7) **애국지사**

▲심영식 지사, 그림 한국화가 이무성

이 세상을
아름답고 행복하게 해주신
내 조국 대한의 어머니
헬렌켈러가 빛의 천사라면
그는 빛과 사랑의 천사이며
조국을 구한 대한의 잔다르크
여기 거룩히 무늬진 대한의 산하에
고독한 소쩍새 벗하시니 무심한
바람과 구름도 쉬어가길 바라노라
　-소운 장수복 -

　이는 국립대전현충원 애국지사 묘역 (2-263)에 잠들어 있는
심영식 애국지사의 무덤 묘비에 있는 글이다. 심 지사의 무덤
을 찾아갔던 2017년 5월 31일 (수) 오후 3시 무렵엔 한줄기 소
나기가 지나가 현충원 묘역은 막 청소를 끝낸 것처럼 깨끗했다.

긴 가뭄 속의 한줄기 소나기야말로 단비 중에 단비였다. 한바
탕 소나기 덕인지 미세먼지가 없는 깨끗하고 청명한 5월의 하
늘 아래 심영식 지사는 소쩍새를 벗하며 빛 찾은 조국의 품안
에서 영면의 길에 들어 있었다.

"피고 심영식은 호수돈여학교 기예과 졸업생으로 맹목적인
부녀자임에도 불구하고(1919) 3월 4일 오후 2시경 동면 북본
정에서 조선독립 시위운동단 속으로 들어가 두 손을 들고 다중
과 함께 조선독립만세를 외쳤다."

이는 심영식 지사가 개성 3·1만세운동으로 왜경에 잡혀 그
해 5월 6일 경성지방법원에서 이른바 보안법 위반으로 징역
10월형을 언도받았을 때의 판결문이다. 당시 나이 만 22살로
경성지방법원에서 내린 죄명은 이른바 '보안법 위반' 이었다.

개성의 명문 호수돈여학교 출신으로 꽃다운 나이 스물두 살
의 심영식 지사는 일반인들과 달리 시력을 잃은 맹인이었다.
그런 신체적인 조건 때문에 남들보다 몇 십 배나 어려운 학업
을 마친 심영식 지사지만 개성 시내에서 대규모 만세운동이 일
어난다는 정보를 접하고 때를 기다렸다.

드디어 3월 3일 개성 시내에서는 1천 5백여 명의 군중이 모
여 일제 침략을 규탄하는 대규모 시위가 있었는데 기회를 엿보
던 심영식 지사는 모교인 호수돈여학교 학생들과 이 시위에 참
가했다. 심 지사는 맹인의 몸으로 어려움이 따랐지만 망설임
없이 시위 군중 속에서 독립만세를 불렀으며 이날 군중들은 일
제의 식산은행 개성지점에 꽂아 둔 일장기를 찢어 버리는 등
강렬한 시위가 있었다.

심영식 지사가 다닌 개성호수돈여학교는 권애라. 어윤희
등 이름난 여성독립운동가가 나온 학교로 1899년 12월 19

일 미국인 갈월 선교사가 개성에서 시작한 주일학교(Sunday School)로부터 비롯된 학교다. 이 주일학교는 그 뒤 개성여학당이라 부르다가 11년 뒤인 1910년 5월 15일, 석조 4층 신축교사를 짓고 구한말 학부대신의 인가를 얻어 학교이름을 호수돈여숙(女塾)이라 불렀다. 심영식 지사가 다니던 1910년대에는 호수돈여숙으로 불리던 시기로 1938년 4월 1일에 호수돈고등여학교로 이름이 바뀌었다.

"개성군 송도면(松都面)은 고려의 송경(松京)으로서 그 이후 배타심이 강했다. 1919년 3월 1일에 개성읍 충교(忠橋) 예배당내 유치원 교사 권애라(權愛羅)의 손에 독립선언서가 들어 갔다. 그는 이 선언서 80장을 호수돈여자고등보통학교 뒤에서 어윤희(魚允姬)에게 넘겨 주요한 인사에게 배부케 하였다. 이로써 3월 3일에 호수돈여자고등보통학교 학생이 거리로 나와 독립가와 찬송가를 부르며 독립만세 시위를 하였다. 학생들의 시위행진에 일반 군중도 가담하여 시위행렬이 늘어갔다."

– 「독립운동사」 제 2권 〈삼일운동사(상)〉 190쪽 –

▲국립대전현충원(애국지사 2-263) 심영식 지사 무덤

이날 개성 만세운동 시위에 참여했다가 심영식 지사와 왜경에 잡혀 구속된 사람은 한종석(징역 1년 6월), 김익룡(징역 1년), 신후승(징역 10월) 외 16명으로 여성은 심영식 지사(징역 10월) 한명 뿐이다. 이들 16명에 대한 판결 이유를 보면,

"대정8년(1919년) 3월 1일 천도교 교주 손병희 등이 제국통치의 굴레에서 벗어나 조선독립국을 수립하자고 외치니 이에 동조하는 자들이 조선 각지에서 조선독립 시위운동을 시작했다. 경기도 개성군 송도면에서도 역시 3일과 4일에 걸쳐 기독교도가 경영하는 호수돈여학교 학생 및 같은 경영에 관계된 사립송도고등보통학교 학생이 주동이 되어 다수의 민중이 이에 찬동하여 조선독립만세를 부르며 송도면 내를 횡행하고 조선독립 시위운동을 행하여 정치변혁을 꾀했다." 고 적고 있다.

맹인의 신분으로 개성 만세운동 시위에 앞장선 심영식 지사는 그 공훈을 인정받아 정부로부터 1990년에 건국훈장 애족장을 추서 받았다.

더보기 1

개성 만세운동에 잊을 수 없는 여성독립운동가

● **어윤희 (魚允姬, 1880.6.20 ~ 1961.11.18) 애국지사**

어윤희 지사는 충북 충주군 소태면 덕은리 산골에서 태어났다. 1894년 16살에 결혼을 하였지만 3일 만에 남편이 동학군으로 나가 일본군과 싸우다 전사하고 2년 뒤엔 아버지마저 숨지자 새로운 삶을 개척하고자 개성으로 이주하였다. 1910년에

개성 북부교회 교인이 되었으며, 1912년 32살의 나이로 미리 흠여학교를 다녔다.

이후 38살 되던 해에 3월 만세 운동이 전국적으로 일어나자 기숙사 사감을 하고 있던 어윤희 지사는 독립선언서 2,000장을 개성 읍내 만월정·북본정·동본정의 각 거리에서 손수 뿌리면서 독립의식을 드높였다. 이것이 개성지역 3·1만세운동의 도화선이다. 이 일로 어윤희 지사는 왜경에 잡혀 1년 6개월의 징역형을 선고받고 서대문형무소에 갇히게 된다. 비록 몸은 옥중에 갇혔으나 유관순 등 어린 동지들을 보살피며 일제에 단호히 맞선 당당한 여성 독립투사다.

1920년 7월 15일 개성여자교육회 창립을 도와 국권회복과 여성의 권익 신장을 목표로 강연 활동을 전개하여 민족운동의 여성지도자로 역할을 다하였다. 한편, 일제 말 개성에 우리나라 최초 보육원인 유린보육원을 설립하여 헐벗은 고아들을 돌보는 따스한 인정을 베풀었다. 정부에서는 고인의 공훈을 기려 1995년에 건국훈장 애족장을 추서하였다.

*어윤희 지사 이야기는 서간도에 들꽃 피다 〈제1권〉에 실음

더보기 2

● 권애라 (權愛羅 1897. 2. 2 ~ 1973. 9.26) 애국지사

권애라 지사는 경기도 개성에서 태어나 1919년 3월 1일 충교(忠橋) 예배당의 유치원 교사로 근무하면서 어윤희(漁允熙) 지사와 독립만세운동을 주동하였다. 이 날 호수돈여자보통학교(好壽敦女子普通學校)로부터 전달 받은 독립선언서 80여장을 들고 만세운동에 앞장서다 왜경에 잡혀 5월 30일 경성지방

법원에서 이른바 보안법 위반으로 징역 6월형을 언도받았고 7월 4일 경성복심법원에서 징역 6월형이 확정되어 9달 동안의 옥고를 치렀다.

감옥에서 나온 뒤에도 수표교(水標橋) 예배당에서 '반도의 희망', '잘 살읍시다' 등의 제목으로 한국여성의 애국사상을 드높이는 강연을 여러 차례 했다. 이 일로 또 잡혀가 7월 9일 종로경찰서에 갇혔으며 1922년 1월에는 소련의 모스크바에서 열린 극동인민대표회의(極東人民代表會議) 한민족 여성대표로 참가하는 등 민족대표 여운형(呂運亨)·나용균(羅容均) 등과 함께 독립을 위해 헌신했다.

1929년에는 중국 소주(蘇州) 경해여숙대학(景海女塾大學)에서 공부하면서 상해를 중심으로 여성지위 향상과 조국광복운동에 활약하였고 그 뒤 동삼성(東三省)에서 지하항일운동을 계속하였다. 1942년 4월에는 길림성 시가둔(吉林省 施家屯) 영신농장(永新農場)에서 아들 김봉년(金峰年)과 함께 일제 관동군 특무대에 잡혀가 1년 이상 비밀감옥에서 고문취조를 받은 뒤 장춘고등법원에서 치안유지법 위반으로 징역 12년형을 언도받아 옥고를 치렀으며, 1945년 8·15광복을 맞아 석방되었다. 정부에서는 고인의 공훈을 기려 1990년에 건국훈장 애국장을 추서하였다.

*권애라 지사 이야기는 서간도에 들꽃 피다 〈제3권〉에 실음

하와이서 부른 독립의 노래

심 영 신

월개산 아래
살갑게 모여 살던
고향땅 등지고

사진 한 장
들고 떠나간 땅

살 속을 파고드는
검붉은 태양 아래
사탕수수밭 노동으로 번
피 같은 돈

조국을 비추는
꺼지지 않는 횃불 되어
온 누리를 밝혔어라

*월개산은 송화면(松禾面) 북단에 있는 산. 황해도 송화면은 와룡정 · 무학정 · 관어정 ·
도암정 · 약선정 등 '송화8정' 이 있을 만큼 자연경관이 뛰어난 곳이다.

심영신 (沈永信, 1882. 7.20 ～ 1975. 2.16) **애국지사**

▲ 말년의 심영신 지사.
이덕희 하와이이민연구소장 제공

하와이에서 활동한 여성독립운동가들의 발자취를 찾아 나선 길에 친절한 안내를 해준 분은 이덕희 하와이이민연구소 소장이다. 2017년 4월 13일부터 21일까지 글쓴이의 하와이 답사 중 두 번이나 시간을 내준 이덕희 소장은 하와이 여성독립운동가에 대한 이야기뿐만이 아니라 다양한 사진도 제공해주었다. 이 소장으로부터 건네받은 빛바랜 흑백사진 속에는 심영신 애국지사 가족들이 환하게 웃고 있어 인상적이었다.

1949년에 찍은 이 사진은 일제강점기인 1916년, 사진신부로 하와이로 건너가 30년이란 세월 동안 온갖 고생을 극복하며 살아남아 독립운동사에 이름을 남긴 심영신 지사의 삶의 흔적이 고스란히 배어 있는 듯 해 가슴이 찡했다.

▲ 1916년 사진신부로 건너가 30년 뒤 대가족을 이루었다. 가운데 앉은 이가
심영신 조문칠 부부다. (1949년 모습, 이덕희 하와이이민연구소장 제공)

1997년에 대한민국정부로부터 건국훈장 애국장을 추서 받
은 심영신 지사는 이른바 '하와이 사진신부' 의 한 사람으로 건
너간 분이다. 심영신 지사는 황해도 송화(松禾)에서 태어났다.
고향 송화는 3 · 1만세운동 때 수많은 독립운동가가 나온 고장
으로 신민회에서 활동하다 망명하여 임시정부의 군무총장과
국무총리를 역임한 노백린(盧伯麟), 〈독립선언문〉 을 국내에 배
포하고 군자금을 모집하였던 김마리아, 1928년 5월 대만에서
일본 황족을 습격한 조명하(趙明河), 광복군 대대장으로 활약
한 한철수(韓哲洙) 등이 송화 출신이다.

고향 송화에서 어려서부터 교회에 열심히 다닌 독실한 기독
교인이었던 심영신 지사는 젊은 나이에 어린 아들 하나를 둔
과부가 되었다. 과부의 상태에서 심 지사는 하와이에 진출해
있던 조문칠과 사진신부로 맞선을 보고 아들과 함께 하와이 땅
을 밟았다. 심 지사 나이 34살 때 일이다.

1916년, 하와이에 건너갈 무렵 34살이나 먹은 심영신 지사의 나이는 결코 적지 않은 나이였을 뿐 아니라 한번 결혼한 경험이 있는데다가 어린 아들까지 딸린 몸이었다. 그러나 남편 조문칠은 선뜻 심영신 지사를 신부로 받아들였다. 그만큼 당시 하와이 사탕수수밭 노동자들의 결혼 문제는 심각한 상태였다. 이러한 사정을 알게 된 농장주들도 한인 노동자들을 안착시키기 위해 미혼 남성들의 결혼을 적극 추진하던 때였다.

　심영신 지사가 하와이에 건너 갈 무렵, 이른바 사진신부들은 보통 17살에서 24살 정도까지였으나 더러는 앳된 소녀티를 갓 벗은 15살 또는 중년의 40살짜리 신부도 있었다. 심영신 지사는 34살 때 하와이로 떠났으니 신부 나이 치고는 좀 많은 편이었다. 당시 하와이 총각과 조선의 사진신부를 연결해주는 사람은 주로 중매쟁이들이었다.

　중매쟁이에 관한 흥미로운 기사를 보면 "우리가 중매쟁이에게 불평을 하기 시작하자 중매쟁이는 주머니에서 계속 사진을 꺼냈는데 그 사진은 아주 젊은 사람부터 늙은 사람까지, 미남에서 추남까지, 날씬한 사람에서 뚱뚱한 사람까지 여러 남자들이었다. 중매쟁이는 우리에게 말했다. 이 사람들 중에서 결혼하고 싶은 사람을 고르면 내가 그 남자에게 네 사진을 갖다 주겠다. 그리고 서로가 결혼에 합의하고 신랑될 사람이 결혼 준비금과 교통비를 제공하면 네가 그 사람과 결혼하기 위해 미국으로 갈 수 있는 것이다." 『하와이 한인 이민 1세 – 그들의 삶의 애환과 승리, 웨인 패터슨 지음, 정대화 옮김』

　그렇게 해서 건너간 신부들은 실제 사진과는 다른 신랑들을 만나 더러는 적응을 못하기도 하지만 대개는 억척스레 황무지를 개척하듯 하와이 땅에서 뼈를 묻을 각오로 일을 한 결과 나름대로 자리 잡아 가면서 생활에 적응해 나갔다. 심영신 지사를 비롯하여 사진신부로 하와이에 건너간 여성들은 대략 1910년에서 1924년 사이에 최대 1천 명 정도로 추정하고 있다.

심영신 지사는 어려운 환경 가운데서도 미주 하와이에서 대한인부인회(大韓人婦人會)와 재미한족연합위원회(在美韓族聯合委員會)의 위원으로 활동하면서 조국 독립에 힘을 실어 주었다. 대한인부인회는 심영신 지사가 하와이로 건너가기 3년 전인 1913년 4월 하와이 호놀룰루에서 한인사회의 민족의식을 높이고자 황마리아 등이 세운 여성운동단체다.

대한인부인회는 자녀의 국어교육 장려, 일제용품 구매 거부운동, 교회와 사회단체 후원, 재난동포 구제를 주요 행동지침으로 삼았는데 심영신 지사도 이 단체에서 적극적인 활동을 했다. 특히 1919년 고국에서 3·1만세운동이 일어나자 심영신 지사는 국내활동을 지원하기 위해 하와이 각 지방의 부녀대표자 모임인 부녀공동대회를 이끌었다. 이 대회에서 여성들은 조국 독립운동에 대한 후원을 결의하였다.

▲ 재미한족연합회 지도자들, 앞줄 왼쪽 첫째가 심영신 지사, 왼쪽 끝 여성은 민함라 여사 (1942.3.8.하와이 호놀루루) 대한민국임시정부기념사업회 제공

뿐만 아니라 심영신 지사는 1920년대 말 임시정부의 백범 김구 주석으로부터 재정부족을 호소하는 편지를 받고 하와이

의 동포들에게 이런 사실을 알리는 한편 자금모집에 앞장섰다. 그러한 내용을 백범은 그의『백범일지』에 잊지 않고 그 고마움을 기록해 놓았다.

"나의 통신(하와이 동포들에게 쓴 편지)이 진실성이 있는데서 점차 믿음이 생기기 시작하였다. 그리하여 하와이의 안창호(여기 안창호((安昌鎬)는 도산 안창호(安昌浩)와는 다른 인물로 하와이 국민회 계통 인물이다.), 가와이, 현순, 김상호, 이홍기, 임성우, 박종수, 문인화, 조병요, 김현구, 안원규, 황인환, 김윤배, 박신애, 심영신 등 제씨가 나와 (임시)정부에 정성을 보내주기 시작했다." 『백범일지, 도진순 주해, 돌베개, 320쪽』

김구 주석은 하와이 동포들이 십시일반으로 임시정부에 보내온 독립자금에 대해 고마운 마음으로 도와준 동포 이름을 책에 남겼다. 당시 재정난으로 허덕이던 임시정부의 상황은『백범일지』(318쪽)를 통해 잘 알 수 있다.

"사방을 둘러보아도 (임시)정부의 사업 발전은 고사하고 이름이라도 보전할 길이 막연함을 느꼈다. 그러던 중 임시정부가 해외에 있는 만큼 해외 동포들에게 의뢰할 수밖에 없다는 사실을 깨닫게 되었다."

이렇듯 김구 주석이 꾸려가던 대한민국임시정부는 세 들어 살던 집세가 밀리기 시작하는 등 재정이 극도로 열악한 지경에 처했다. 조국 광복을 이루고자 큰 뜻을 품고 세운 임시정부는 후원자가 줄어들어 광복은커녕 이제 그 이름조차 사라질 절체절명의 위기를 맞았던 것이다.

그러나 이러한 고난 속에서 임시정부에 횃불을 밝혀준 이들이 있었으니 바로 미주 하와이, 멕시코, 쿠바 등에 사는 동포들이었다. 이 가운데 특히 하와이의 여성독립운동가 심영신 지사와 박신애 지사는『백범일지』에 그 이름이 오를 정도로 백범이 각별히 기억한 분들이다.

심영신 지사가 하와이에 가게 된 계기에 대해서는 정확한 기록이 없지만 백범과 동향(同鄕)이었던 것과 관련이 있을 것으로 추정된다. 따라서 상해 임시정부에서 독립자금이 필요하다는 백범의 편지가 하와이에 도착했을 때 누구보다도 기쁜 마음으로 독립자금에 앞장섰던 것은 아닐까 하는 생각이 든다. 특히 심영신 지사는 하와이 여성단체에서 맹활약했던 만큼 상해 임시정부 주석으로 있던 백범의 활동을 잘 알고 있었을 것이다.

심영신 지사는 1941년 4월 하와이에서 열린 해외한족대회(海外韓族大會)에 대한부인구제회 대표로 참석하여 이 대회에서 조직된 재미한족연합위원회 의사부 위원으로 뽑혔다. 여기서 심영신 지사는 임시정부 후원을 비롯하여 대미외교와 선전사업을 적극적으로 추진하는 등 독립운동에 솔선수범하는 삶을 살았다.

심영신 지사가 살던 시절, 하와이 사탕수수밭 노동자들의 모습을 보여주는 기사가 눈길을 끈다.

"나의 아버지는 1903년에 하와이에 오셨는데 순전히 돈을 많이 모을 수 있다는 소문만 믿고 오셨다. 하와이에는 돈이 주렁주렁 걸려있는 나무가 있다더니 돈 나무는커녕 가보니 사탕수수밭 밖에 없었다. 우리 가족 모두가 열심히 일하여 수입을 모아도 1년에 50달러에 지나지 않았는데 이는 겨우 5식구가 먹고 지낼 정도였다. 상당수의 한인들은 사탕수수 농장 일의 고단함과 희망이 없는 생활을 청산하고자 본토행을 택했다. 하지만 하와이를 떠나기도 쉬운 일이 아니었다. 호놀루루에서 캘리포니아로 가는 뱃삯 28달러를 구할 길이 없었던 것이다."

뿐만 아니라 이런 증언도 있다.

"쌀값은 고국보다 비쌌고 고기값도 비싸서 그들은 밀가루로 생활하려했으나 빵굽는 법을 몰라 중국인 요리사에게 배울 때까지 곤란을 겪었다. 비싼 채소 값을 해결하기 위해 와이와루아의 카후쿠농장에서 일하던 한인들은 채소를 직접 길러 먹었다. 하지만 죽어라 일하고 받는 월급 16달러 가운데 생활비 12달러 55센트를 빼면 남는 게 없었다. 우리는 희망을 잃었다. 우리가 공부를 하려면 먹는 것을 포기해야했고 고국으로 돌아가려 해도 뱃삯을 마련할 길이 없었다. 『하와이 한인 이민 1세-그들의 삶의 애환과 승리, 웨인 패터슨 지음, 정대화 옮김』

▲ 하와이 사탕수수밭 자료관 안의 '한국인집' (위), 아래는 한국인집 앞 안내판에 일본어와 영어로 설명이 되어 있는 부분. 당시 노동자들의 숙소인 '한국인집'의 안내판이 한글이 아닌 일본어로 설명이 되어 있는 것은 고쳐야할 일이라고 본다.

심영신 지사라고 해서 특별할 수는 없었을 것이다. 그럼에도 그러한 열악한 환경에서 심 지사를 비롯한 여성독립운동가들은 조국의 독립을 위해 기꺼이 허리띠를 졸라매었다. 그리고 그 돈으로 상해 임시정부를 돕고 고국의 애국지사 가족들을 도왔던 것이다.

글쓴이가 이번에 하와이에 가보니 심영신 지사를 포함한 하와이지역의 독립운동사를 한 눈에 알 수 있는 변변한 기념관 하나 없었다. 안타깝다 못해 실망스러웠다. 독립운동사 자료관도 자료관이지만 해외에 흔히 있는 문화원조차 없었다. 한국인 최초의 해외 이민지인 하와이는 올해로 이민 114주년의 역사를 갖는다. 역사에 걸맞은 한국문화원과 그 안에 독립자료관을 갖춘다면 오늘날 하와이가 단순한 여행지가 아닌 '해외 독립운동의 산실'로서 살아있는 교육의 장이 될 것을 확신한다.

애국가 부르며 초모공작에 몸 던진

엄 기 선

누천년 이어 온 나라 잃고
망국노로 떠돌던
유랑의 세월

고통의 바다에서
흘린 피눈물 얼마더냐

드넓은 중국땅
이르는 곳마다
목 터져라 애국가 부르며

초모공작에 뛰어들어
조선 독립을 외친
임이 아니었다면

빛 찾은 조국에서
어찌 선열들
얼굴을 뵈었으랴

*초모공작 : 의병이나 군대에 지망하는 사람을 모집하는 일

엄기선 (嚴基善, 1929.1.21 ~ 2002. 12.9) 애국지사

▲ 학창시절의 엄기선 지사 앞줄 오른쪽 첫 번째

눈감고 있어도 볼 수 있습니다.
그리운 마음으로
맑아진 영혼으로....
어머니처럼
우리가 얼마나 삶에 최선을 다하는지
지켜봐 주세요.
사랑하셨던 이 나라와 이 땅과 하늘, 사람들,
그리고 가족들, 우리도 진실하게 사랑할게요.
정말 존경했습니다.
'내가 너를 사랑하여 불렀나니 너는 내 것이라(이사야 43:1)'
-대전국립현충원 엄기선 묘비(애국지사 제2-1048)-

엄기선 애국지사는 대한민국임시정부에서 큰 활약을 한 아
버지 엄항섭(1898~1962) 지사와 어머니 독립운동가 연미당
(1908~1981)지사의 6남매(따님 네 분과 아드님 두 분) 가운데
큰따님으로 한국광복군(韓國光復軍)의 전신인 한국광복진선청

년전지공작대(韓國光復陣線靑年戰地工作隊)에서 활동하였다.

엄 지사는 생존 독립운동가인 오희옥(1926년 출생, 올해 92살, 생존 애국지사) 지사 등과 함께 일본군 내의 한국인 병사에 대한 초모(징집) 공작의 하나로 연극이나 무용 등을 통해 적국의 정보를 수집했다. 이들은 또한 중국인들에게 조국의 독립을 위해 뛰고 있는 한국인들의 의지를 널리 알렸다. 이때 엄기선 지사는 박영준, 이재현, 노복선 등의 선배들과 함께 활동하였다.

"중국에 있는 중학교 1학년에 다닐 때인데 하루는 선생님께서 한 사람 한 사람 일어나서 자기소개를 하라고 그러셨어요. 그래서 다들 중국의 어느 성에서 왔다, 강소성에서 왔다고 하는데 중국엔 28개성이 있거든요. 나는 한국사람인데 어떻게 이야기해야하나, 그때 나이가 좀 들었으면 좋았을 텐데 1학년짜리라 궁리하다가 말을 못했어요. 아버지가 뭘하는 분이냐는 질문에 독립운동을 하신다는 말을 못하겠더라고요. 그리고 다시 고향이 어디냐고 자꾸 재촉해서 물어보는데 그때 저는 아무런 대답도 못하고 마구 통곡만 했던 생각이 나요."

엄기선 지사가 어린 시절을 회상하는 글을 읽고 있노라면 가슴이 찡하다. 어린 마음에 자신의 고향과 부모님에 대해 다른 중국인 아이들처럼 떳떳하게 대답 못하던 그 심정이 오죽했을까싶다.

1943년 2월 무렵부터는 중경의 대한민국임시정부 선전부장으로 활약하던 아버지 엄항섭 지사를 도와 중국쪽 방송을 통하여 임시정부의 활동상황과 중국 내 일본군의 만행을 동맹국과 국내 동포들에게 알리는 일에 힘썼다. 또한 중국 토교(土橋)의 깊은 산 계곡에 자리한 수용소를 찾아가 일본군 포로 가운데 한국 국적을 가진 병사들을 위문하고, 일제의 패망을 예견하는 선전공작에 힘을 보태는 등 광복을 맞이할 때까지 적극적인 독립운동을 전개하였다.

엄기선 지사는 누구보다도 애국가에 대한 감회가 깊은 독립운동가다. 그는 임시정부가 중국 내 피난하던 시절 장사(長沙)에서 맞은 3·1만세운동 대해 다음과 같이 회상했다.

"삼일절만 되면 우리는 큰 회관을 빌려 기념식을 꼭 했어요. 식을 할 때 삼일절 노래도 부르고 애국가도 부르고, 어렸을 때 생각하니까, 어른들은 눈물을 펑펑 흘리며 삼일절 노래를 부르던 생각이 나요. (노래) 참 기쁘고나 삼월 하루, 독립의 빛이 비쳤구나. 금수강산이 새로웠고, 이천만 국민이 기뻐한다. 만세 만세 만만세, 우리 민국 우리 동포 만만세. 대한민국 독립 만만세라."

1995년 광복 50주년 되는 해 엄기선 지사는 66살의 나이로 3·1여성동지회 대전지회장을 맡고 있을 때였는데 애국가 4절이 적힌 부채 1천개를 만들어 대전역 광장과 동양백화점 등에서 시민들에게 무료로 나눠주는 행사를 가질 만큼 그의 애국가 사랑은 남달랐다.

"우리 국민들이 애국가 구절 중 가장 중요한 4절을 잘 모르는 것 같아 여름철에 필요한 부채에 애국가를 담아 보급하고 있다"고 설명하기도 했다.

엄기선 지사의 올케인 최화자(75살, 남동생 엄기남 선생의 부인) 지회장 (3·1동지회 대전지회)을 만난 것은 지난 4월 26일(수)이었다. 최화자 지회장은 마침 이날 백범김구기념관 대회의실에서 열린 '3·1운동 98주년 기념 및 사단법인 3·1여성동지회 창립 50주년 기념식'에 참석한 김에 글쓴이와 대담을 했다.

기념식 참석을 위해 대전에서 일찌감치 서울로 올라와야하면서도 글쓴이가 부탁한 엄기선 지사의 사진을 잊지 않고 고이 간직하여 갖다 주는 열의를 보였다. 누구보다도 엄기선 시누이에 대한 추억을 많이 간직하고 있는 최화자 지회장은 엄기선 지사의 뒤를 이어 3·1동지회 대전지회장을 맡아 시누이가 못 다한 독립정신 선양에 앞장서고 있다. 정부에서는 엄기선 지사의 공훈을 기려 1993년에 건국포장을 수여하였다.

더보기 1

임시정부의 디딤돌 아버지 엄항섭 지사

백범 김구는『백범일지』에서 엄항섭 지사에 대해 이렇게 쓰고 있다. "엄항섭 군은 자기 집을 돌보지 않고 석오 이동녕 선생이나 나처럼 먹고 자는 것이 어려운 운동가를 구제하기 위해 불란서(프랑스) 공무국에 취직을 하였다. 그가 불란서 공무국에 취직한 것은 두 가지 목적에서였다. 하나는 월급을 받아 우리에게 음식을 제공해 주는 것이고 다른 하나는 왜(일본)영사관에서 우리를 체포하려는 사건을 탐지하여 피하게 하고 우리 동포 중 범죄자가 있을 때 편리를 도모해 주는 것이었다."

백범이 있는 곳이면 어디라도 그림자처럼 동행하면서 대한민국임시정부에서 활약한 사람이 엄항섭 지사다. 그는 경기 여주 출신으로 1919년 중국 상해로 망명하여 임시정부 여주군 담당의 국내조사원과 법무부 참사(參事) 등에 임명되어 활동하였다. 1922년 절강성 항주에 있는 지강대학(之江大學)을 졸업한 뒤 임시의정원 의원과 임시정부 비서국원 등으로 활동하였다. 1924년 상해청년동맹회를 조직하여 집행위원에 뽑혔으며 경제후원회를 만들어 임시정부를 적극적으로 도왔다.

1931년 한국교민단의 의경대장(義警隊長)으로 일하면서 조선혁명당을 조직하여 재무를 맡았으며, 애국단조직에 참여하여 김구의 주도 아래 계획된 윤봉길 의사의 홍구공원 의거를 적극적으로 돕는 한편, 1936년부터는 임시의정원 의원으로 계속 활동하였다. 1937년 2월 한국광복운동단체연합회를 만들어 항일전선을 구축하였으며, 임정의 결산위원을 맡았다.

▲ 임시정부 요인과 가족들. 앞줄 왼쪽부터 엄기순, 엄기선, 엄기동(엄항섭 지사의 딸과 아들), 가운데줄 왼쪽부터 송병조, 이동녕, 김구, 이시영, 조성환 선생, 뒷줄 왼쪽부터 연미당(엄기선 어머니), 엄항섭(엄기선 아버지), 조완구, 차리석, 이숙진(조성환 선생 부인), (전장,1936) 대한민국임시정부기념사업회 제공

1940년 5월 3당 통합운동에 참여하여 한국독립당을 창당하고 그 집행위원에 뽑혔으며, 1941년 10월에는 임시의정원 의원으로 외무위원회 위원장에 그리고 10월 11일에는 한·중문화협회(韓·中文化協會)의 한국쪽 이사에 뽑혔다. 1944년 5월 임시정부의 선전부장 및 주석판공비서에 임명되어 광복될 때까지 독립운동에 헌신하다가 광복 뒤 1945년 11월 백범 김구와 함께 환국하였다. 광복 뒤 민주의원의 의원 등으로 활동하다가 6·25 당시 북한에 납치되었다. 정부에서는 그의 공훈을 기려 1989년에 건국훈장 독립장을 추서하였다.

한국애국부인회 조직부장으로 활약한
어머니 연미당 지사

연미당 지사는 경기도 여주 사람으로 1930년 8월 중국 상해에서 한인여자청년동맹이 조직되었을 때 5명의 임시위원 중 한사람으로 뽑혔다.

1931년 10월 일제의 무력침략으로 발발한 만주사변 이후 상해에 있는 한인 각 단체 대표자회의에 여자청년동맹의 대표로 참석하여 항일활동을 전개하였다.

또한 대한민국임시정부가 가흥 · 진강을 거쳐 장사로 이동할 때 임시정부 요인들을 수행하며 도왔다. 한편, 장사에 있는 남목청에서 3당 통일회의가 열리고 있을 때 이운한의 저격을 받아 중상을 입은 백범 김구를 간호하였다.

1938년 10월에는 한국광복진선청년공작대원이 되어 선전과 홍보활동에 주력하였고 1943년 2월 중경에서 한국애국부인회(韓國愛國婦人會)의 조직부장으로 뽑혀 항일의식을 높이는 활동에 기여했다. 정부는 고인의 공훈을 기려 1990년에 건국훈장 애국장을 추서하였다

*연미당 지사 이야기는 서간도에 들꽃 피다 〈제1권〉에 실음

칠순 노구로 독립을 목청껏 외친

오 신 도

기미년 만세운동 앞장서다
칠순 노구로 철창에 갇힌 몸

왜경의 고문이 두려웠다면
만세운동 앞장섰겠나

고문으로 살 태우는
냄새 가득한 형무소 안

혼절 속에 들려오는
대한의 아들딸들
외치는 피울음 소리

가슴에 대못되어
박히지나 않았을까?

오신도 (吳信道, 1852.4.18 ～ 1933. 9. 5) 애국지사

독립운동가 손정도(孫貞道, 1881~1931)선생의 어머니인 오신도 지사는 평안남도 강서 출신으로 평범한 가정에서 자라 같은 고향의 유생 손형준(孫亨俊)과 혼인하여 네 아들을 낳았다. 그러나 맏아들 손정도의 영향으로 기독교 신앙에 입문하여 1909년 미감리회 여선교회에 소속되어 선교사 루퍼스(M. Rufus) 부부, 로빈스(H. P. Robbins) 부부, 노블(W. A. Noble) 부인 등과 함께 주로 평양·강서·진남포·증산·봉산 등지에서 활발한 전도활동을 하였다.

이후 오신도 지사는 3·1만세운동 직후 독립운동에 깊이 관여하게 되는데 당시 평양 지역의 장로교와 감리교 여성들이 상해 대한민국임시정부를 후원하기 위하여 창설한 대한애국부인회에서 68살이라는 고령의 나이에 총재로 추대되어 평남 일대에서 조직을 확대하고 군자금 모으는 일에 앞장섰다.

대한애국부인회는 1920년 5월 이후 군자금 2,400여 원을 회원과 동지들로부터 모금하여 대한민국임시정부에 보냈다. 이들이 군자금 모집에 열과 성을 다해 뛰어 다니던 중 1920년 11월 금산지회장 송성겸(宋聖謙)이 붙잡힘으로써 조직이 들키고 말았다.

붙잡힐 때 상황을 보면 평양·진남포·강서·함종·증산 등지에 대한애국부인회의 7개 지회가 있었고, 회원은 모두 100여 명이었다. 잡히기 직전까지 1년간 모금한 액수는 2,400여 원에 달했으며, 지원금을 김정목·김순일·김경희 등을 통해 상해 임시정부로 보냈다.

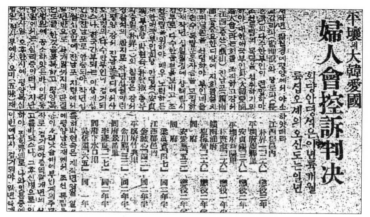

▲오신도 지사의 판결문 기사 〈동아일보. 1921.2.27〉

　본부 총재였던 오신도 지사 역시 이 일로 붙잡혀 1921년 2월 23일 평양지방법원에서 '1919년 제7호(정치범처벌령)' 위반으로 징역 1년을 선고 받고 평양형무소에서 옥고를 치러야 했다. 당시 1921년 2월 27일 동아일보 3면에는 1단 기사로 대한애국부인회 판결 소식이 크게 보도 되었다. 이날 판결을 받은 사람 가운데 가장 나이가 많은 이는 오신도 지사였다.

　"평양을 중심으로 한국독립을 위하여 활약하다가 검거된 대한애국부인회의 공소 판결에서 평양복심법원은 다음과 같이 언도한다. 박승일(26살, 징역 3년), 안정석(38살, 2년), 박현숙(26살, 징역 2년 반), 최매지(26살, 징역 2년 반), 안애자(53살, 징역 2년 반), 양진실(47살, 징역 2년 반), 김성심(42살, 징역 2년 반), 김천복(32살, 징역 2년 반), 이겸양(27살, 징역 2년 반), 오신도(65살, 징역 1년)"

　65살의 오신도 지사를 비롯한 평양을 중심으로 한 대한애국부인회는 서울의 대한민국애국부인회의 30대 전후 연령대에 견주어 평균연령이 높고 연령층도 다양했다. 그 밑바탕에는 대한애국부인회의 조직이 교회를 기반으로 성립된 것과 깊은 관련이 있다.

출옥 뒤 오신도 지사는 아들이 있는 중국 길림으로 망명하였는데 이때 아들 손정도 목사는 임시정부를 떠나 길림에서 만주 각지에 흩어져 있는 무장독립단체들과 긴밀한 연락을 하면서 독립운동을 하고 있을 때였다. 그러나 아들 손 목사가 과로로 건강을 해쳐 50살의 나이로 숨지자 귀국 뒤 평양의 고향집에 머물다 81살을 일기로 한 많은 생을 마감했다. 정부는 고인의 공훈을 기려 2006년 건국훈장 애족장을 추서하였다.

더보기

오신도 지사의 아들 독립운동가
손정도 (1881. 7. 26 ~ 1931. 2. 19) 목사

전형적인 유교 집안에서 아버지 손형준과 어머니 오신도의 큰 아들로 태어난 손정도 지사는 1902년 22살의 나이로 관직에 나가기 위해 평양으로 시험을 치르러 떠났다. 마침 날이 저물어 한 집에 머물게 되었는데 바로 그 집이 조 씨 성을 가진 목사 집이었다. 상투 틀고 갓을 쓴 손정도는 조 목사로부터 신학문, 서구문화, 기독교에 대한 소개를 받고 유교에서 기독교로 개종하였다.

기독교로의 개종을 결심한 손정도는 조 목사에게 부탁하여 상투를 자르고 고향 강서군으로 귀향한 뒤 집안 대대로 모셔온 조상의 신주를 매장하고 사당을 부숴 버렸다. 이 일로 그는 친

80

족들에 의해 패륜으로 낙인찍히고 신변에 위협을 당하게 되자 어머니 오신도가 새벽에 그를 깨워 잠옷 바람으로 빼돌려 도주를 도왔다. 이후 평양 숭실전문학교에서 신학을 공부하기에 이른다.

1919년 초 한국인의 주장을 알리기 위해 만세운동을 벌여야 한다는 여론이 들끓자 그는 33인 민족대표에 서명하기로 했다가 파리평화회의에서 의친왕 이강(李堈)을 참여시키는 일을 돕기 위해 평양에서 신한청년당에 입당했다.

독립운동일로 가정을 돌볼 수 없었던 손정도는 아내 박신일이 낮에는 기흘병원에서 잡역부로 일하고, 밤에는 재봉틀을 돌리면서 가정생계를 꾸려가야 했다. 박신일의 가장 어려웠던 일은 왜경의 감시와 압박을 견디어 내는 일이었다고 한다.

1921년 8월 대한민국임시정부의 임정국무원 교통총장에 임명되었고, 1922년 2월 대한적십자사 총재가 되었으며, 8월에는 김구·여운형 등과 함께 한국노병회(韓國勞兵會)를 조직하고 노공부장(勞工部長)을 지냈다.

1923년 상해에서 열린 국민대표회의에 이탁과 함께 평안남도 대표로 참석하여 재정위원에 뽑혔다. 홍진·이시영과 함께 임시정부를 유지하기 위해 노력했으나, 일이 뜻대로 이루어지지 않자 만주의 길림성으로 되돌아가 선교활동에 전념했다.

1924년 9월 만주에서 선교활동을 하면서 독립운동가들과 연락, 국민대표자회의가 강제 해산될 무렵, 안창호의 설득에 감화되어 흥사단에 입단하였다. 흥사단원이 된 손정도 지사는 안창호와 의논하여 이상촌 건설을 추진하기 시작하였다.

그러나 건강을 돌보지 않은 탓에 과로와 격무, 체력 저하, 스

트레스, 고문 후유증 등에 시달리다 1931년 1월 이국땅에서 숨을 거두었다. 그의 나이 50살이었다. 정부는 고인의 공훈을 기려 1962년 건국훈장 독립장을 추서하였다.

핏덩이 안고 광복군으로 뛴

유 순 희

한 장의 빛바랜 사진 속에서
핏덩이 끌어안은
임의 모습 찾았네

이역만리 중국땅에서
푸르른 고국 하늘 우러르며
인고의 시간 보낸 뜻은

아들 광삼이가 살아갈
자유로운 세상
빛 찾은 조국의 품이었음을

임의 얼굴에 드리운
골 깊은 주름은
말없이 이야기하네

* 유순희 지사는 어린 핏덩이를 안고 광복군 제3지대에서 활약하였다. 부대원들은 아들
  이름을 광삼(光三, 광복군의 광, 제3지대의 삼을 이름으로 지음)이라 지어주고 자신들의
  아들처럼 사랑했다.

유순희 (劉順姬, 1926. 7.15 ~ 92살, 생존) **애국지사**

▲갓난아기를 안고 광복군이 된 유순희 지사, 앞줄 오른쪽에서 6번째
(광복군 제3지대 본부 연병장에서, 1944. 7)

올해 92살의 유순희 애국지사를 만나 뵙기 위해 봄비가 촉촉이 내리는 가운데 2017년 3월 31일(금) 오후 2시, 동대문구 신내동 집을 찾아갔다. 유 지사는 건강이 그다지 좋지 않아 보였지만 흔쾌히 글쓴이의 방문을 허락해 주었다. 사실을 말하자면 유순희 지사를 찾아뵈려고 했던 것은 5년 전부터다. 그러나 연락을 할 때마다 몸 상태가 안 좋아 뵙지 못하다가 이날 가까스로 뵙게 된 터라 매우 기뻤다.

잔잔한 안개꽃 한 다발을 사들고 신내동 아파트를 찾아가던 날은 생존 독립운동가이신 오희옥(92살) 지사님과 함께 였다. 오희옥 지사와 유순희 지사는 서로 왕래를 하던 터였지만 몇 해 전부터 유순희 지사의 건강이 날로 안 좋아 번번이 방문 계획이 취소되곤 했던 것이다.

고양시 일산에 사는 글쓴이는 이른 아침, 수원에 사시는 오희옥 지사를 모시러 수원으로 달렸다. 유순희 지사의 집을 알고 있는 사람이 오희옥 지사라서 반드시 동행하지 않으면 안 되는 상황이었다. 수원에서 서울의 끝자락 동대문구 신내동으로 차를 몰던 날은 메마른 대지 위에 촉촉한 봄비가 내리고 있었는데 아파트 주변에 심은 산수유 꽃이 노란 꽃망울을 터뜨리고 있었다.

황해도 황주 출신인 유순희 지사는 광복군 제3지대, 제1구대 본부 구호대원(救護隊員)으로 광복이 될 때까지 활동한 광복군 출신이다. 그의 나이 열여덟 때의 일이니만치 벌써 73년 전의 일이다. 가물가물한 기억을 더듬고 계시는 틈에 글쓴이는 거실 벽면에 걸린 한 장의 흑백 사진을 발견하였다. 유리액자를 떼어 유순희 지사 손에 들려드리자 막혔던 말문이 터지듯 73년 전 일을 마치 어제 일처럼 들려주셨다.

흑백사진은 해방되기 1개월 전인 1944년 7월에 찍은 사진으로 광복군 제3지대에 제1구대 본부 구호대원들이었는데 유순희 지사는 맨 앞줄에 자리하고 있는 자신을 가리키고 있었다. 아뿔사! 그런데 갓난아기를 안고 있는 것이 아닌가!

"이 녀석이 제 아들이에요. 갓 낳은 핏덩이가 지금 일흔을 넘었으니 세월이 많이도 흘렀지요." 라며 유순희 지사는 당시 유일한 유부녀 광복군 시절의 이야기를 들려주었다. 부대원들의 사랑을 독차지 했던 갓난쟁이 아들 이름은 광삼(光三, 광복군의 광, 제3지대의 삼을 이름으로 삼음)으로 부대원들이 광복군 제3지대를 상징하는 뜻에서 지어주었다고 했다. 그 어린 광삼이를 안고 유순희 지사는 당당한 광복군이 되어 뛰었던 것이다.

1940년 9월 17일 중국 중경에서는 조선을 침략하여 점령하고 있는 일제를 몰아내고자 한국광복군총사령부(韓國光復軍

總司令部)를 창립했다. 광복군은 4개 지대(支隊)로 편성하여 각 지대 내에 3개 구대(區隊)를 두고, 다시 각 구대 내에 3개 분대(分隊)를 설치하여 본격적인 활동에 들어갔다.

하지만 광복군의 부대 편성 과정은 많은 어려움이 따랐다. 무엇보다도 부대원을 확보하는 일은 큰 걸림돌이었다. 상식적으로 생각해도 남의 땅에서 군대조직을 꾸린다는 것은 어려운 일임을 알 수 있다. 다행히 1942년 4월 김원봉이 이끄는 조선의용대(朝鮮義勇隊)가 광복군 제1지대로 편입함에 따라 2개 지대의 편성이 가능해졌다.

이에 따라 광복군총사령부는 1942년 2월 김학규를 산동성으로 특파하여 일본군으로 강제 징집당한 한국 청년들을 대상으로 초모공작(招募工作)을 전개하도록 하였는데 이때 김학규는 양자강 이남의 안휘성(安徽省) 부양(阜陽)에 머물면서 3년 남짓 초모활동을 전개하였다.

▲광복군 제3지대 여군소대. 유순희 지사는 두 번째 줄 오른쪽 첫 번째

유순희 지사는 1944년 11월 중국 하남성(河南省) 녹읍(鹿邑)에서 대한민국임시정부 전방 특파원 조성산과 접선하여 지하공작원으로 활동하였으며 1945년 2월 김학규가 이끄는 광복군 제3지대 화중지구(華中地區) 지하공작원 윤창호로부터 광복군 지하공작원으로 임명받았다. 그 뒤 광복군 제3지대에 입대한 뒤 제3지대 제1구대 본부 구호대원(救護隊員)으로 활약했던 것이다.

"유 지사님! 이런 갓난아기를 안고 정보활동을 하셨다니 굉장히 위험했겠어요. 만일 아기가 울기라도 하면 어쩌려고요?" 글쓴이의 질문에 유순희 지사는 대답 대신 미소를 지어 보였다. 어쩌겠는가! 갓난아기를 안고라도 광복군에 뛰어들 수밖에 없던 상황을 어찌 지금의 시각으로 설명할 수 있을까 싶었다. 그럼에도 그런 질문을 던진 것은 이애라 (1894~1922) 지사가 갓난아기를 업고 독립운동을 하다 아기가 우는 바람에 서울 아현동에서 잡혀 아기가 죽음을 당한 사실이 떠올랐기 때문이다.

광복군 제3지대 부대원들이 지어준 어린 핏덩이 광삼(光三)이와 유순희 지사는 어려운 환경이었지만 행복했다. 아이 아빠가 같은 부대원으로 활약했기 때문이다. 광삼이 아버지는 독립운동가 최시화(崔時華, 1921~?)지사로 당시 나이 24살이고 유순희 지사의 나이는 19살이었다.

금슬 좋은 광복군 동지 출신의 부부 독립운동가 유순희 지사는 불행하게도 환국 뒤, 남편과 6·25전쟁으로 헤어지게 된 뒤 홀로 어린 세 자녀를 키워야하는 운명과 맞닥뜨렸다. 길고 긴 고난의 길이 시작된 것이다. 그래도 유 지사는 꿋꿋하게 자녀들을 키워냈다. 지금은 최성희 손녀딸(둘째 아드님의 딸)의 극진한 보살핌을 받으며 살고 있다.

유 지사를 방문한 글쓴이와 오희옥 지사에게 손녀딸은 딸기 등 햇과일을 준비해주었다. 맛있는 과일을 먹으며 유순희 지사는 한국광복군 제3지대의 활약상이 담긴 『항일전의 선봉』이란 앨범을 보여주었다. 1982년에 한국광복군제3지대 사진첩발간회에서 만든 흑백사진첩 속에는 유순희 지사를 비롯한 수많은 광복군들의 활동 모습이 생생히 담겨 있었다. 유 지사는 또렷하게 당시를 기억하는 듯 손가락으로 한 분 한 분을 가리키며 설명에 여념이 없었다. 특히 동지이자 남편인 최시화 지사의 사진이 나오자 감회에 젖는 듯 멈칫하는 모습이 안쓰러웠다.

▲ 생존 애국지사 오희옥 지사, 건강이 몹시 안좋은 유순희 지사,
글쓴이(왼쪽부터, 2017.3.31)

　유 지사가 활동하던 흑백사진 속의 세월은 어느새 73년 전의 일이 되어버렸다. 이제 그의 나이 92살! 참으로 무정한 세월이었다. 일제의 침략에 저항하여 어린 핏덩이를 안고 광복군에 뛰어든 시절부터 환국하여 또 다시 겪은 민족의 비극 6·25전쟁, 그 전쟁에서 남편의 생사도 모른 채 어린자식들을 부여잡

고 살아온 세월!

"정말이지 내가 92살이라는 게 믿기지 않아..."

유순희 지사는 글쓴이가 사들고 간 안개꽃 화분을 지그시 바라다보며 마치 안개속 같았던 자신의 삶을 되돌아보는 듯 했다. 이날 글쓴이와 함께 유순희 지사 집을 찾은 오희옥 지사는 유순희 지사와 동갑이지만 건강이 조금 나은 편이라 높은 연세에도 각종 기념식이나 독립운동 관련 행사에 적극적으로 참여하고 계신다.

현재 생존한 여성독립운동가는 유순희, 오희옥, 민영주 지사세 분 뿐이다. 이제 이 분들에게 독립운동 이야기를 들을 시간이 많이 남아 있지 않다는 생각을 하니 두어 시간 대담 시간이 그렇게 소중할 수가 없었다.

"유 지사님, 햇살 고운 가을날, 오희옥 지사님이 수원에서 용인의 마당 있는 집으로 이사하고 나면 제가 모시러 올게요. 함께 나들이해요." 라면서 글쓴이는 두 손을 꼭 잡아 드렸다. 혼자서는 걸을 수도 없는 수척한 모습의 유순희 지사와의 대담을 마치고 나오는 길은 왠지 코끝이 찡했다. 다시 만날 수 있는 시계 바늘이 얼마를 기다려줄 지 모르는 세월 앞에서 그저 건강하게 오래 사시라는 말 밖에는 건넬 수 없다는 사실이 안타까웠다.

남편 최시화 지사는 1990년에 건국훈장 애족장(1982년 대통령표창)을 추서 받았고 유순희 지사는 1995년에 건국훈장 애족장을 수여받은 이 시대 우리가 진정 기억해야할 부부 독립운동가다.

기생의 몸으로 만세운동 앞장선

이 벽도

일찍이 황해도 해주는
백범 김구 주석 난 고을

그의 뜻 새겨들어
기미년 독립의
횃불 든 해주기생들

벽도 월희 월선 향희
해중월 금희 화용 채주

술 따르던 손 거둬
태극기 움켜쥐고

광복의 빛 찾아
외친 피울음
조국은 기억하는가

이벽도 (李碧桃, 1903.10.14 ~ 숨진 날 모름) 애국지사

▲ 독립선언서를 직접 만들어 만세운동에 참여했던 이벽도 외 해주기생들
그림 한국화가 이무성

벽성(碧城) 춘 3월에
실같이 드리운 버들가지
한 많은 아기씨들 마음을
이다지도 흔들어 주나

어이타 저 광풍
너무도 무심하구나
저녁나절 비 몰아다
꽃 핀 가지를 짓누르네

이는 기생들이 잡혀가 옥중에서 부른 노래로 당시 66살이던
조태기(趙泰基, 원적 연백군 모란면 성주리 아래차돌이) 선생
이 제공한 것이다. 황해도 해주기생 이벽도는 동료들과 1919

년 4월 1일, 해주읍내의 만세운동에 참여했다.

해주의 만세운동은 1919년 2월 말, 기생 월희(본명, 김성일)와 월선(본명, 문응순)이 고종황제의 장례에 참석키 위해 상경했다가 해주로 돌아와서 서울의 만세 소식을 전하고 부터다. 3월 10일 해주에서 대대적인 만세운동이 일어나자 이벽도, 문응순 등 기생들은 3월 하순 무렵 다시 만나 4월 1일 거사를 도모했다. 김성일과 문응순은 직접 한글로 독립선언서를 지어 5천장을 만들었다.

4월 1일 오후 2시 무렵 이벽도는 문응순 등 해주 기생들과 함께 남문 쪽을 향해 나가며 전단을 뿌리고 손가락을 깨물어 흐르는 피로 그린 태극기를 흔들며 남문 밖으로 행진했다. 남문 밖에는 이미 사방에서 많은 사람들이 모여 시위에 동참하고 있었다. 기생들의 시위에 시민들도 감동을 받은 것이었다. 기생들의 대열은 남문을 거쳐 다시 동문으로 들어갔는데 가는 곳마다 동조하는 만세대열이 늘어나 그 인원은 3천을 헤아리게 되었다.

종로 큰 거리로 들어선 기생들은 잠시 행진을 중지하고 조선이 독립국임을 선언했는데 한 기생은 준비한 격려문을 들고 나와서 큰 소리를 낭독했다. 당시 해주기생 가운데는 서화에 능숙한 기생조합장 문월선을 비롯하여 학식 있는 여성들도 많았다. 따라서 그들이 외치는 애국연설과 낭독하는 격려문은 시민들의 마음을 크게 감화시켰다.

그러나 이들이 종로에서 다시 서문 밖으로 행진할 무렵 왜경의 저지를 받았는데 이때 서변면(西邊面) 청년 강연영 등은 경찰의 칼에 맞아 중상을 입고 피를 흘리며 쓰러지기도 하였다. 이날 왜경의 무자비한 검거에 구속된 기생들은 김해중월(金海中月), 이벽도(李碧桃), 김월희(金月姬), 문향희(文香姬), 문월선(文月仙), 화용(花容), 금희(錦姬), 채주(彩珠) 등 8명이 구속되고, 남자도 김명원 등 5명이 구속되었다.

8명의 기생들은 갖은 고초를 겪으며 신문을 받았는데 이벽도, 김월희, 문월선, 문향희, 김해중월 등 5명은 해주지방법원으로 넘겨져 그 해 6월 28일, 김월희 · 문월선은 징역 6월, 이벽도 · 문향희 · 김해중월은 각각 징역 4월씩을 언도받았다. 정부는 고인의 공훈을 기려 2010년 대통령표창을 추서하였다.

> **더보기**

기생조합 소속 기생들도 만세운동에 앞장섰다

1919년 3월 1일, 서울에서 3 · 1만세운동이 불길처럼 전국으로 번지자 진주 · 수원 · 해주 · 통영 등의 기생조합 소속 기생들도 만세운동에 하나둘씩 참여하기 시작하였다.

진주에서는 3월 19일, 기생독립단이 주축이 되어 태극기를 선두로 촉석루를 향해 시위 행진하며 독립 만세를 외쳤다. 이때 왜경이 기생 6명을 붙잡아 구금하였는데 한금화(韓錦花)는 손가락을 깨물어 흰 명주 자락에 "기쁘다, 삼천리강산에 다시 무궁화 피누나." 라는 노래를 혈서로 썼다.

수원에서는 3월 29일, 수원기생조합 소속의 기생 일동이 검진을 받기 위해 자혜병원(慈惠病院)으로 가던 중 경찰서 앞에 이르러 독립 만세를 불렀다. 이때 김향화(金香花)가 앞에서 '대한독립만세' 를 외치자 뒤따르던 여러 기생들이 일제히 만세를 따라 불렀다. 이들은 병원에서 돌아오는 길에도 경찰서 앞에서 다시 만세를 부르고 헤어졌다. 이 사건으로 주동자 김향화는 왜경에 붙잡혀 6개월의 옥고를 치렀다.

경남 통영에서는 4월 2일, 정홍도(丁紅桃)·이국희(李菊姬)를 비롯한 예기조합(藝妓組合) 기생들이 금비녀·금반지 등을 팔아 광목 4필 반을 구입해 만든 소복 차림을 하고, 수건으로 허리를 동여 맨 33명이 태극기를 들고 만세시위운동을 전개하다가, 3명이 붙잡혀 1년의 옥고를 치렀다.

통진장날 만세운동을 이끈 성서학교 만학도

이 살 눔

성서학교 만학도
높이 품은 뜻 내려놓고

통진장날 터진
동포들의 억눌린 마음
십자가 지듯
온 몸으로 받아

조선의 독립을 외친
붉은 피울음 소리

들었으리라 하늘님도
임의 그 외침을!
임의 그 절규를!

이살눔 (이경덕, 1886. 8. 7 ~ 1948. 8.13) **애국지사**

▲이경덕(이살눔) 지사, 그림 한국화가 이무성

"님은 1919년 통진교회 전도사로 월곶지역 3 · 1만세 사건을 주도하여 옥고를 치루셨습니다. 민족해방을 몸으로 실천한 님 의 민족혼을 기리기 위해 이 비를 만듭니다. 2003년 8 · 15 광 복절 푸른언덕모임"

이는 김포시 월곶면 고막리 푸른언덕교회 입구에 있는 이살 눔(이경덕이라는 이름도 있지만 국가보훈처 서훈 이름은 이살 눔이다) 애국지사를 추모하는 기념비에 적힌 글이다. 이살눔 지사를 기리는 기념비를 보기 위해 글쓴이는 2017년 6월 13일 (화) 오후 2시, 고막리 푸른언덕교회를 찾아갔다.

작은 규모의 시골 교회당은 신자는 많지 않아 보였는데 마당 에 차를 세우고 나니 조화자 전도사 (59살)가 찾아온 용건을 묻 는다. 이살눔 지사에 대한 이야기를 들으러 왔다고 하니까 반

가운 얼굴로 차 한 잔을 내오며 거의 찾지 않는 추모비를 어떻게 알고 찾아 왔느냐며 반긴다.

"이 교회는 이살눔 지사님의 며느리인 강동재 여사께서 다니시던 교회입니다만 5년 전 80살로 돌아가셔서 지금은 그 집안에 대해 아는 바가 없습니다. 이살눔 지사님은 이곳 월곶의 3·1만세운동의 주동자이셨습니다. 그러한 활동에 대해 아무도 관심을 갖지 않게 되자 누산교회 박흥규 목사님이 이를 안타깝게 여기고 여자의 몸으로 독립운동에 앞장선 사실만이라도 기념비를 세워 기려야한다고 해서 세운게 이 기념비입니다."

▲ 월곶면 고막리 푸른언덕교회에 있는 이경덕(이살눔)지사 기념비

조화자 전도사는 이살눔 지사에 대해 박흥규 목사님으로부터 많은 이야기를 들었다고 했다. 그러나 박흥규 목사님도 돌아가셨다면서 김포지역의 독립운동사를 정리한 두툼한 책 한 권을 내놓는다. 『김포항일독립운동사』(김포문화원, 2005) 책에는 이살눔 지사를 포함한 김포 월곶 지역에서 독립운동을 한 애국지사들의 기록이 낱낱이 적혀있다.

1919년은 이살눔 지사가 33살이 되던 해였다. 결코 여자 나이로 적은 나이가 아닌 이 무렵 이살눔 지사는 성서학교(聖書學校) 재학생이었다. 신앙심이 깊었던 이살눔 지사는 거국적인 만세운동이 일어났던 3월, 김포에도 만세운동의 물결이 밀어닥칠 것을 예견했다. 3월 22일 오후 2시 이 날은 통진장날이었다. 이살눔 지사는 군하리 출신 박용희·성태영·백일환 등과 군중을 이끌고 면사무소, 주재소, 보통학교, 향교 등으로 유도했다.

이에 앞서 임용우·윤영규·조남윤·최우석·이병린 등의 주도로 장터에 있던 약 200여 명의 군중들은 만세시위 운동을 벌였다. 그러나 만세운동만으로는 성에 차지 않았던 이살눔 지사 일행은 면사무소와 주재소 등지를 돌며 이곳에 있던 일본인들에게 항의했고 일부 한국인 순사보들에게 독립운동에 동참할 것을 호소하였다.

김포의 만세운동은 3월 29일에 또 다시 일어났다. 조남윤 등은 "29일 오전 11시에 전 통진 읍내에 집합하여 조선독립만세를 외치라"는 취지의 문서 7통을 작성한 다음 이를 면내 각 동리 주민에게 배포하였다. 이날 오전 11시쯤 마을주민 400여 명이 읍내에 모이자, 이들을 지휘하여 향교와 면사무소 앞에서 조선독립만세를 외쳤다.

이에 앞서 28일 밤 정인교·윤종근·민창식은 마을 주민 수십 명과 함께 마을 인근 함반산(含飯山) 꼭대기에 모여 조선독립만세를 외쳤으며, 월곶면의 임용우·최복석은 29일 정오 무렵 갈산리에 모였다가 군하리 공자묘와 공립보통학교, 면사무소에서 만세운동을 벌였다.

만세운동은 4월에도 이어져 덕적도의 명덕학교 교사였던 임용우는 4월 9일 학교 운동회에서 이재관·차경창 등과 만세운동을 벌이다가 잡히는 등 김포지역의 만세운동은 3월의 전국적인 만세운동 이후에도 지속되었다. 김포지역의 만세운동에서 서훈을 받은 유일한 여성독립운동가가 이살눔 지사다.

이살눔 지사는 장터에 모인 수백 명의 시위 군중에게 태극기를 나눠주며 독립만세 운동에 앞장서다 왜경에 잡혀 그해 7월 12일 경성지방법원에서 이른바 보안법 위반으로 징역 6월형을 언도 받고 옥고를 치르던 중 1919년 10월 27일 중병으로 가석방되었다.

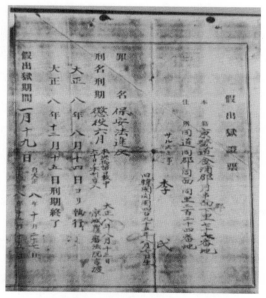

▲가출옥증표, 고문으로 중병에 걸리자 일제는
이살눔 지사를 가출옥 시켰다.(1919.10.27)

당시에는 옥중 고문이 심했기 때문에 죽음의 문턱에 이르는 독립운동가들이 많았는데 일제는 이러한 독립운동가들의

'옥중 사망'을 피하려고 가석방을 시켰다. 수원의 이선경 애국 지사(1902~1921)의 경우도 거의 죽음에 이르는 고문으로 가석방 되자마자 순국의 길을 걸었다.

다행히 이살눔 지사는 서대문형무소에서 가출옥 된 이후 몸을 추슬러 고향 김포로 다시 내려올 수 있었다. 군하리로 내려온 이살눔 지사는 교회를 개척하여 여전도사로 목회자의 삶을 살았다. 친 혈육은 없고 양자를 들였는데 양아들 유 씨와 며느리마저 몇 해 전 숨을 거두었다고 한다.

이살눔 지사는 1948년 8월 13일에 62살을 일기로 숨을 거두었다. 그러나 어수선한 해방 공간에서 무덤을 미처 챙기지 못해 기념비만 남은 상태다. 정부에서는 뒤늦게 고인의 공훈을 기려 숨진 지 44년 만인 1992년에 대통령표창을 추서하였다.

김포시에서는 이살눔 지사를 비롯한 수많은 김포지역의 독립운동가를 기리기 위해 2013년 3월 1일 '김포시 독립기념관'을 개관하여 항일의병, 3·1운동, 독립운동, 의열투쟁, 만주, 노령지역에서 활동한 김포 출신 독립운동가들의 나라사랑 정신을 기리고 있다.

* 이살눔 지사 기념비 : 경기도 김포시 월곶면 용강로 37번길 30 푸른언덕교회 입구
* 김포시독립기념관 : 경기도 김포시 양촌읍 양곡2로 30번길 46
  (양곡택지개발지구 제4근린공원 내)

종교인의 3·1만세운동 참여와 기독교의 참여

"서대문감옥 태평동출장소에서 수인(囚人) 약 300명이, 배화여고, 진명여고, 기독부인성서학교 학생들이 교내에서 독립만세를 불렀다. 그러나 수일 전부터 각 학교 학생들은 격문 등의 배포가 있었고 대한민국임시정부에서 몰래 파견한 장병준, 강대현과 협의하여 독립운동을 계획한 경성부인성서학원 교사 이동욱 외 4명을 사전(2월 29일)에 검거하는 등 왜경의 경계가 삼엄하였다."

– 3·1독립운동 발발 1주년을 맞아 『일제침략하 한국36년사, 5권』 –

일제침략에 저항한 우리민족의 거대한 저항운동을 들라하면 역시 3·1만세운동이다. 이 만세운동에 적극 참여한 사람들 가운데는 학생들이 단연 돋보이는데 위 기사에서처럼 '기독부인성서학교' 도 눈에 띈다. 김포지역의 여성독립운동가 이살눔 지사도 만세운동 당시 '성서학교(聖書學校)' 재학생으로 참여한 것으로 보아 기독여성들의 활약상이 컸음을 알 수 있다. 이를 뒷받침하는 자료가 있다.

〈종교인의 3·1운동 참여와 기독교의 역할, 김승태, 1989〉 연구에서 이살눔 지사처럼 독립운동에 참여했다가 구속되었던 여성종교인들의 입감자(入監者)와 피검자(被檢者) 기록이 그것이다. 〈표 1〉은 3·1만세운동 당시 입감자와 피검자의 종교별 상황을 정리한 것이다. 이 표를 보면, 3·1만세운동 당시 종교인들의 역할이 어느 정도였는지를 대략이나마 짐작할 수 있다. 입감자의 39.43%(3,572/9,059), 피검자의 32.3%(6,314/19,525)가 종교인으로 나타나는데, 이는 당시의 종교인구에 비추어 볼 때 결코 낮지 않은 비율이다.

<table>
</table>

종 교		남 (입감자/피검자)	여 (입감자/피검자)	합계 (입감자/피검자)	비율 (입감자/피검자)
천도교시천교		1,361/2,2645/14	2/15 -	1,363/2,2835/14	15.1%/11.8%-
불 교		105/220	1/-	106/220	1.2%/1.1%
유 교		55/346	-	55/346	0.6%/3.6%
개신교	장로교	1,322/2,254	119/232	1,441/2,486	22%/17.6%
	감리교	401/518	37/42	438/560	
	조합교회	7/7	-	7/7	
	기 타	81/286	16/34	97/320	
천주교		45/54	8/1	53/55	0.5%/-
기 타		7/21	-	7/21	-/0.1%
무종교		5,455/9,255	31/49	5,486/9,304	60.6%/47.7%
미 상		1/3,809	-/98	1/3,907	-/20.2%
합 계		8,845/19,054	214/471	9,059/19,525	100%/100%

▲3 · 1만세운동 당시 입감자와 피검자의 종교별 현황, 김승태 연구서 인용, 1989

그 가운데서도 천도교와 개신교의 비율이 높았으며, 불교와 천주교의 경우 그 교세에 비해 비율이 낮았다. 천도교는 입감자의 15.1%, 피검자의 11.8%를, 개신교는 입감자의 22%, 피검자의 17.6%를 차지하고 있는데, 이는 두 종교인들의 '민족의식'이 상대적으로 높았음을 보여주는 것으로 볼 수 있다.

또한 위 표에서 알 수 있듯이 입감자와 피검자 가운데 여성이 차지하는 비율은 각각 2.4%(214/9,059)와 2.4%(471/19,525)다. 그러나 기독교의 경우 여성 입감자와 피검자는 각각 8.7%(172/1,983)와 9.1%(308/3,373)에 달하는 것으로 나타나 일반 여성들에 견주어 4배가량 많은 것을 알 수 있다. 이살눔 지사 역시 기독 여성으로 독립운동에 앞장섰던 분이다.

피로써 대한의 독립을 맹세한 나이팅게일

이 정 숙

함경도 북청 처녀 간호사
대한의 독립을 맹세한
혈성단 동지 모아
피로써 만든
기미년 독립선언서

하늘 높이 흔들며
조국의 빛 찾아
피울음 토해 외쳤던
죽음을 불사한
그날의 절규

광복의 꽃으로
열매 맺었네

이정숙 (李貞淑, 1896.3.9 ~ 1950.7.22) 애국지사

▲ 이정숙 지사, 그림 한국화가 이무성

"…슬프고 억울하다. 우리 대한 동포시여, (우리 여성도) 같은 국민, 같은 양심의 소유자이므로 주저함 없이 살아서는 독립기 아래서 활기 있는 새 국민이 되고 죽어서는 구천에서 수많은 선철을 찾아가 모시는 것이 우리의 제일가는 의무이므로… 때는 두 번 이르지 아니하고 일은 지나면 못 하나니 속히 분발할지어다. 동포, 동포시여 대한독립만세"

이는 1983년 11월, 미국에 사는 도산 안창호 선생의 장녀 안수산 여사의 로스앤젤레스 자택에서 발견된 '대한독립여자선언서' 내용의 일부로 1919년 3·1독립선언서보다 앞선 2월에 만든 것으로 작성자는 이정숙, 김인종, 김숙경, 김옥경, 고순경, 김숙원, 최영자, 박봉희 등으로 되어 있다.

이정숙 지사의 이름이 보이는 이 '대한독립여자선언서' 는 1918년 11월 만주와 노령 등지의 독립운동가가 발표했던 '무오독립선언서' 와 1919년 2월 8일 동경유학생들이 발표했던 '2·8독립선언서' 등과 함께 독립의지를 만천하에 알린 독립선언서로 이정숙 지사의 활약을 엿볼 수 있는 중요한 자료다.

　함경남도 북청에서 태어난 이정숙 지사는 1919년 3·1만세운동 당시 23살로 정신여학교를 졸업한 뒤 세브란스병원 간호사(당시 간호부)로 근무하고 있었다. 그는 세브란스에 있으면서 3·1만세운동 당시 검거된 투옥지사들의 옥바라지와 그 가족들을 후원할 목적으로 '혈성단' 을 조직하였다. 이 단체는 혈성애국부인회(1919)로 확대되었다.

▲ 세브란스 간호부 양성소 졸업생 (1918)

　한편, 혈성애국부인회 외에 이정숙 지사가 참여한 독립운동 단체는 대한민국애국부인회(1919), 대한적십자회(1919), 조선여성해방동맹(1925), 경성여자청년회(1925) 등으로 그는 이들 단체의 핵심 요원이 되어 독립운동 활동에 적극 참여하였다.

특히 대한민국애국부인회는 혈성단애국부인회가 모태가 된 것으로 경성에서 세브란스 병원 간호사 이정숙 등이 중심이 되어 조직되었는데 혈성단애국부인회의 주요 구성원은 모두 정신여학교 동창들로 4회 졸업생 오현주(황해도 재령 명신여학교 교사, 오현주는 나중에 변절), 그의 언니이자 동기 졸업생 오현관(전라도 군산 메리블덴여학교 교사), 정신여학교 6회 졸업생 장선희(정신여학교 교사), 11회 졸업생 이정숙(세브란스 병원 간호사)과 이성완(세브란스 병원 간호사)등이 주로 활동하고 있었다.

이정숙 지사는 간호사였으므로 독립운동으로 수감되어 옥중에서 고통 받는 이들의 건강을 지키기 위해 투옥된 애국지사들에게 사식을 제공하고 순국한 분들의 유족들을 돌보는 일에 최선을 다했다. 혈성단애국부인회는 3·1만세운동 직후 조직된 최초의 여성독립운동단체라는 점에서 매우 뜻 있는 조직이다. 혈성단애국부인회는 상해 대한민국임시정부와 연계하여 활동을 폈으며 대조선독립애국부인회와 통합하여 대한민국애국부인회로 확대·개편되면서 이정숙 지사는 경성지부장을 맡아 활동하였다.

이 단체는 이후 기독교회·학교·병원 등을 이용해 조직을 전국적으로 확대하면서 회원들의 회비와 수예품 판매를 통해 독립운동 자금을 모아 상해 임시정부를 지원하였다. 대한민국애국부인회는 1919년 9월 김마리아, 황애시덕을 중심으로 결사부(決死部)·적십자부(赤十字部)를 신설하는 등 항일독립전쟁에 대비한 체제로 조직을 전환하고, 대한민국청년외교단과 함께 임시정부 국내연통부(聯通府)의 역할을 대행하였다.

이들은 군자금 모집에 힘써 6천원의 독립운동 자금을 임시정부에 송금하였다. 또한 이 단체는 본부와 지부를 통해 대한적십자회(大韓赤十字會) 대한총지부(大韓總支部)의 활동을 수

행하였는데 이정숙 지사는 여기서 적십자장(赤十字長)을 맡아 이를 주도하였다.

그러나 이들의 활약은 정신여학교 4회 졸업생 오현주의 밀고로 조직이 발각되어 1919년 11월 왜경에 잡히게 되었고 1920년 6월 대구지방법원에서 징역 2년형을 언도받고 옥고를 치렀다. 1920년 5월 26일 〈동아일보〉에 '아직 보석되지 아니한 여자 중에 이정숙은 겨울동안에 발이 얼어붙은 것이 그대로 덧나서 촌보도 걸음을 옮기지 못하고 옥중에서 고통 중이라더라'는 기사로 보아 감옥생활에서 몹시 고통을 겪었음을 알 수 있다.

그러나 출옥 뒤에도 이정숙 지사는 1925년 2월 21일에 조직된 경성여자청년회의 초대집행위원으로 선임되어 항일독립운동을 계속하였다. 정부에서는 그의 공훈을 기려 1990년, 건국훈장 애족장(1963년 대통령표창)을 추서하였다.

더보기

조선의 간호학교와 독립운동가로 활동한 간호사들

"사립 간호부는 6시에 일어나 찬 물걸레로 방, 수술실 등을 두어 시간 청소하고... 9시부터 환자를 돌보는데 의사가 모르는 일을 시키면 어물거리다 꾸지람 듣기는 다반사였다. 간호원에게 가장 괴로운 것 중 하나가 바로 의사의 몰이해였고 마치 죄인과도 같은 생활이라 했다.

밤 1,2시까지 햇빛 한 번 볼 수 없고 종종걸음에 녹초가 되는데 좁은 병원 안은 약냄새뿐이고 들을 수 있는 것은 환자의 비명과 비난뿐이었다. 휴일도 없고 외출은 불가인 채 언제나 대기 상태였고 왕진이나 위급환자가 있을 경우에는 밤샘도 불사하였고 입원환자를 시중할 때는 무서운 경우도 적지 않았다."

– 『신여성』 '간호부의 하소연' 강계순, 1933년 2월호–

"밤중에 송장을 혼자 염할 때에 두려움은 이루 말할 수 업답니다. 또 매일 환자들이 내여놋는 피무든 붕대를 빨며 대소변 갓흔 것까지도 밧어서 치이는 등 참 손대기 실흔 그런 일까지도 할 때에 간호부 생활이 비참하다고 늣긴 때가 한두 번이 아니엿습니다" –〈동아일보〉 1925. 3. 18.–

일제강점기 간호부의 생활을 엿볼 수 있는 기록들이다. 우리나라 간호사업은 기독교의 전래와 더불어 서양식 간호법이 들어오면서 시작되었다. 1903년 마가렛 에드먼드(Margaret J. Edmund)가 서울 정동의 감리교 부인 병원 곧 보구여관에서 간호교육을 시작하여, 처음에는 6명의 학생이 배우기 시작하였으나, 도중에 2명이 탈락하고 4명이 과정을 마쳐 1906년 1월 한국에서는 처음으로 가관식(capping)을 올렸다. 설립 초기 정규과정은 6년, 단기과정은 3년이었고, 입학연령은 21살에서 31살까지였다.

한편 1906년에는 세브란스 병원에서 세운 간호부 양성학교에서도 1910년에 첫 졸업생 김배세(金培世)를 배출하였다. 박에스터의 동생인 김배세는 연동여학교를 졸업하고 세브란스 간호부 양성학교를 졸업한 뒤 한국 최초로 정식 간호부가 되어 박에스터와 함께 의료활동과 간호부 양성을 위한 활동을 하였다.

정신여고 출신으로 간호사가 되어 독립운동을 한 이들은 이정숙 지사를 비롯하여 노순경, 박덕혜, 이도신, 김효순, 박옥신, 윤진수, 이성완, 이아주, 장윤희 등이다. 이들은 정신여학교 출신의 선후배이면서 세브란스 병원의 간호사로 3·1만세운동에 참여한 인물들이다.

술과 아편으로부터 조선의 황폐화를 지킨

이효덕

한줄기 빛도 보이지 않는
핏빛 어둠의 굴레 속에서

신음하다 지쳐버린 동포들
술과 아편에 빠질세라
맑은 영혼 지키려

목청 돋워 방방곡곡
피울음 토해내며

깨어있으라
깨어있으라
외치던 임의 피맺힌 절규

동포의 가슴 속에
꺼지지 않는
횃불로 남아 있으리

이효덕 (李孝德, 1895. 1.24 ~ 1978. 9.15) 애국지사

▲ 이효덕 지사

"내가 고향인 삼화읍 교회 학교에서 1년쯤 아이들을 가르치고 있을 때 평양에 있는 모교인 숭의학교에서 선생으로 와 달라는 초청을 받게 되었다. 나는 큰 영광으로 알고 나의 후배들을 가르치는 일을 시작했다. 나는 1학년의 이과(理科)를 담당했는데 당시의 조선 선생들이 그러했지만 나는 나의 과목 말고도 눈에 보이지 않는 정신교육에도 힘썼다. 나는 기회만 있으면 교실에서나 교정, 숙소 등에서 아이들에게 유구한 조선의 역사에 대해 알려주었다. 조선은 고대 일본에 수많은 문화를 전수해준 우수한 민족이었음을 잊지 않도록 설명해주다가 아이들과 눈물을 흘리곤 했다."

이효덕 지사는 자서전『평창의 별 리효덕 전도사』에서 자신의 교사시절 이야기를 이렇게 말했다. 평생을 기독교 신앙을 바탕으로 한 민족교육자이자 독립운동에 앞장섰던 이효덕 지사는 평안남도 용강군 삼화면 율하리 17번지에서 아버지 이인수와 어머니 박성일 사이에 6남매 가운데 막내로 태어났다. 다행히도 기울던 가세는 이효덕 지사가 태어나면서 조금씩 좋아져 어렵지 않은 어린 시절을 보낸 이효덕 지사는 특히 어머님의 적극적인 뒷바라지로 학교 교육을 받게 된다.

이효덕 지사 나이 7살 때 어머니는 집에서 떨어진 진남포 교인 집에 아이를 맡겨 신학문을 배우게 한 뒤 9살에는 집에서 120리나 떨어진 평양으로 유학을 보내는 열성을 보였다. "첫날 90리 길을 걷는데 다리가 너무 아파 울며불며 보채니 어머님께서는 나를 봇짐 위에 올려 지시고 걷기 시작하셨다. 날이 저물어 여관에서 밤을 새운 뒤 이른 새벽 동이 트기 전 아침 식사도 거르고 사경회 개최 시간에 맞춰 또 다시 걸었다."

변변한 교통수단이 있을 리 없던 1904년, 오로지 딸아이의 교육을 생각하며 120리길의 구불구불한 시골길을 내달렸을 어머니, 그 어머니가 없었던 들 애국지사 이효덕 지사의 오늘의 모습은 없었을 것이다.

이효덕 지사 나이 24살 때, 그가 평양의 양무학교로 옮겨와 2년째 되던 해에 3·1만세운동이 일어났다. 당시 교장선생으로부터 이효덕 지사는 서울의 만세운동 소식을 듣게 되면서 양무학교의 만세운동에 앞장서게 된다. 양손에 태극기를 들고 제자들과 대한독립만세를 외치는 거리행진은 3일 동안 이어졌다. 그러는 과정에서 교장과 교감 등 18명이 잡혀갔고 수배자인 자신은 스스로 중화읍 경찰서로 가서 자수했다. 18명 가운데 여자는 이효덕 지사 혼자였다.

남자 수감자들과 함께 가두기가 어려웠던지 이효덕 지사를 따로 경찰서 현관에 있는 경찰부장 숙직실에 가뒀는데 오고 가는 사람들이 모두 "시집이나 가지 뭘 독립운동이냐"며 희롱할 때는 견디기 어려웠다고 했다. 그래도 그것은 나았다. 남자들과 함께 변소를 써야하는 문제가 괴로워 6일 뒤 평양검사국으로 보내지는 동안 한 끼의 밥도 먹지 않았다고 한다.

거의 실신 지경으로 이송된 평양검사국 대흥부 여감옥에서는 다행히 동지인 박현숙, 김민실, 채혜수, 조충성, 나운주 등을 만날 수 있었는데 하루 한 번씩 운동 시간에 이들을 만나면서 마음의 평정을 찾기도 했다.

이효덕 지사는 미결상태로 7달 동안 감옥살이를 했고 판결 뒤 다시 6달을 감옥에서 보내야 했다. 그러나 감옥을 나오고 보니 사랑하던 어머니가 숨을 거두었다는 소식을 듣고 또 다시 실신하였다. 그토록 딸의 출옥을 기다리던 어머니는 1919년 12월 16일에 숨을 거두었고 이효덕 지사는 1920년 4월에 출옥을 하였으니 하늘도 무심한 일이었다.

감옥에서 약해진 몸이 어머님의 사망 소식으로 급속도로 악화되어 한동안 요양으로 몸을 추스린 이효덕 지사는 전주 기전여학교 교사를 거쳐 1929년 9월 34살의 나이로 대한기독교여자절제회연합회(WCTU) 총무일을 보면서 절제회 운동에 적극적으로 나서게 된다.

▲이효덕 지사의 금주 금연운동 기사 〈동아일보 1934.1.4〉

나라를 잃고 자포자기 심정으로 술과 담배, 마약 등에 손을 대어 결국은 패가망신에 이르는 일은 개인의 일에 그치지 않는 일이며 독립의 그날까지 일본과 싸워야하는 조선의 입장에서는 치명적인 일이 아닐 수 없다는 사실을 이효덕 지사는 전국을 돌며 순회강연을 통해 알렸다.

마침 1929년 9월부터 50일간 전국박람회가 서울에서 열렸는데 박람회 기간 내내 50일동안 이효덕 지사의 강연장은 인산인해를 이루었다. 이 일로 전국 순회강연의 길을 나선 게 무려 10년 동안이나 이어졌다.

절제회 강연은 절제회 전국지회의 설립으로 이어져 황해도 사리원을 시작으로 평안남북도, 함경남북도 등 전국은 물론 만주지방까지 확산되었으며 이효덕 지사는 조선 민중이 술과 담배로부터 벗어나 건강한 몸과 정신으로 항일운동에 힘쓸 것을 주장하였다. 정부에서는 고인의 공훈을 기려 1992년에 대통령표창을 추서하였다.

더보기

조선기독교 여자절제회와 절제운동

'이효덕 총무는 전국적으로 순회강연에 몰두하였으며 물론 강연 끝에는 지방마다 절제회를 조직하였다. 이효덕 총무는 근 10년이란 긴 세월을 갖은 노력과 온갖 심혈을 기울여 이 단체의 뿌리를 공고히 하였으며 삼천리 방방곡곡을 다니며 부르짖은 그 음성이 이 땅에 영원히 울릴 것이다.'

이는 『절제(節制)』라는 잡지에 나오는 이효덕 지사에 관한 글이다. 암울한 시대에 술로 인생을 망치는 사람들이 속출하자 조선의 선각자 여성들은 술과 담배로 오는 폐해를 막고자 절제 회를 만들었다. 정식 이름은 〈대한기독교여자절제회연합회 또 는 조선기독교여자절제회〉다.

이 조직은 미국의 윌라드(Willard. F. E.)를 중심으로 조 직된 세계기독교여자절제회(World Woman's Christian Temperance Union)의 협조로 1923년 9월 유각경(俞珏卿)· 최활란(崔活蘭)·홍에스더(洪愛施德) 등에 의하여 조직되었 다. 이효덕 지사는 이 모임에서 제 3대 총무로 활약했다. 그는 또『절제(節制)』라는 잡지와『금주독본(禁酒讀本)』을 만들어 국 민 계몽에 앞장섰으며 10여 년 동안 전국을 돌며 순회강연을 하는 열의를 보였다.

"아름답던 금수강산은 폐허와 해골의 골짜기가 되었으며 이 민족의 기개와 정의는 지하에 떨어졌도다. 오늘 우리 동포는 사선에서 헤매며 잿더미에서 울고 있다. 이 민족이 살길이 어 디 있으며 이 국가를 다시 일으킬 자 누구냐. 오직 우리 각자의 굳센 결의와 피와 땀의 실천이 있을 뿐이다."

이는 조선기독교여자절제회가 생겨나게 된 취지문 가운데 일부로 당시 일제는 세계 제1차 대전 이후 전쟁에 필요한 자금 과 취약한 경제력 보충을 위해 술과 담배 심지어는 아편까지 조선의 유통을 은근히 부추기던 때였다. 특히 일제가 정책적, 의도적으로 들여온 아편은 조선인의 육체와 정신을 좀 먹어 황 폐화 시켜 나가고 있었다. 이것은 과거 영국이 중국의 식민지 화를 위해 아편을 밀수출한 것과 같은 일이었다.

일제는 자국민에 대해서는 아편을 엄격히 금지시키면서도 조선인에 대해서는 이를 허용하였는데 당시 아편은 장터에서 도 쉽게 구할 수 있었다고 한다. 일제강점기 민족시인인 김소월 (1902~1934)의 죽음도 아편과 무관하지 않음을 장석주의 〈시인 김소월〉에서 엿볼 수 있다.

"그는 간략한 성묘를 마친 후 한 무덤가에 앉아 무덤에 뿌리고 남은 술을 천천히 마셨다. 해가 뉘엿뉘엿 질 무렵 남자는 허청거리며 산길을 내려갔다. 내려오는 길에 그는 장에 들러 아편을 구했다. 그리고 서둘러 귀가해서 아내와 함께 밤늦도록 술을 마셨다. 그는 아내가 술에 취해 잠이 든 것을 확인하고 장에서 구해온 아편을 삼키고 잠에 빠져든다.
– 장석주 『한국문단 비사』 (22), '시인 김소월' –

몸과 마음을 술과 아편으로 황폐화 시켜나가는 조선인들의 모습을 그대로 방치했다가는 독립운동은커녕 나라의 운명을 장담하지 못한다는 절박감에 이효덕 지사 등은 절제회 운동을 펼쳐나갔던 것이다. 당시에 이들의 노력은 금주, 금연가 등을 만들어 확산시켰는데 이것만 봐도 얼마나 절박하였는가를 알 수 있다.

아니 아니 못 먹어요 독한 그 술은
아니 아니 못 피워요 독한 그 담배
금주와 금연은 살 길이야요
뒷집 오빠 술 마시고 들어오더니
왱강뎅강 가정집을 때려 부셔요
얌전한 색시도 울려 놓아요

앞집 아저씨 담배 피고 잠을 자다가
안 꺼진 담뱃불이 집에 붙어요
온 집을 다 태워 재가 되었네
우리 엄마 우리 보고 금주하라고
우리 언니 오빠 보고 금연하라고
가르쳐 준 것이 고마웠지요.
– 노기석 작사 작곡 『절제』 –

하와이 다이아몬드헤드 무덤에 잠든

전 수 산

먼 이국땅서 잠든 그대
극락조화 한 다발 안고 찾아가던 날

무덤 뒤
다이아몬드헤드산은 빛났고
와이키키 바다 바람은
뺨을 간지럽혔다오

어린 딸 옥희를 안고
하와이땅 밟은 그대

억척스레 독립자금 모아
상해임시정부의 기틀을 잡고
헐벗은 조국의 애국지사 후손을 도운
고운 마음 감추고

이제는 지친 몸 마음 모두 내려놓고
다이아몬드헤드 공원묘지에서
조국의 무궁함을 비는 그대여!

독립의 역사 살아 있는 한
임의 애국혼 영원하리라!

전수산 (田壽山, 1894.5.23 ~ 1969.6.19) 애국지사

▲ 전수산 지사가 하와이로 떠나기 전 모습(1916년 무렵)
이덕희 하와이한인이민연구소장 제공

"전수산 할머니는 매우 활동적인 분이셨습니다. 제가 어렸을 때로 기억하는데 저에게는 이모님이 되는 두 딸에게 한국의 민속춤과 장구 치는 법들을 가르쳐서 한인의 날 등의 행사에서 춤을 추게 했던 기억이 납니다. 독립운동에도 적극적으로 참여하셨던 할머니는 이모와 어머니 등 여성들이 자립적으로 성장하도록 가르쳤으며 당신이 솔선수범하는 삶을 사셨습니다. 할머니의 독립운동은 명예나 이름을 남기기 위한 것은 아니었습니다. 빛도 없이 음지에서 조국의 독립을 위해 적극적으로 뛰신 할머니의 삶을 존경하며 그 후손이라는 것이 자랑스럽습니다."

이는 글쓴이가 대담한 2017년 4월 13일 (현지 시각) 오후 2시, 하와이대학에서 만난 전수산 지사의 외손자인 티모시 최 (75살) 선생의 말이다. 이날 대담은 하와이대학 한국학연구소에서 이뤄졌는데 티모시 최 선생은 하와이로 떠나기 전 글쓴이가 미리 약속을 해두었지만 8개월 전 허리 수술을 해서 대담은 잠시 동안만 가능하다고 해서 내심 걱정했다. 그러나 걱정과는 달리 1시간이 넘는 대담 시간 내내 건강한 모습으로 할머니 전수산 지사에 대한 이야기를 들려주었다.

4월 13일 글쓴이는 하와이 호놀루루 공항에 도착하자마자 약속 장소인 한국학연구소로 달려갔다. 티모시 최 선생은 지팡이를 짚은 채로 벌써 도착하여 글쓴이를 기다리고 있었다.

"전수산 지사님은 뭐라 할까요? 굉장히 꼼꼼하셨던 분이셨습니다. 이걸 보시면 알게 됩니다." 이날 대담에 함께한 이덕희 하와이한인이민연구소 소장은 전수산 지사의 유품이 담긴 커다란 상자 속에서 누렇게 빛바랜 졸업장이며 흑백사진을 꺼내 보여주었다.

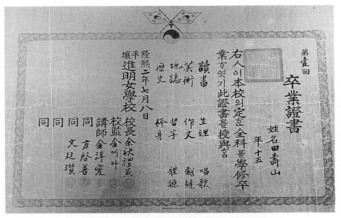

▲ 전수산 지사의 평양진명여학교 졸업증서 (1908)

한자와 한글이 섞인 평양진명여학교 졸업장은 융희 2년(1908) 7월 8일 발행으로 되어 있었는데 졸업장에는 생년월일 대신 '15세'라고 쓰여 있다. 그리고는 '독서, 생리(生理), 창가, 산술, 작문, 재봉, 지지(地誌), 습자(習字), 체조, 역사, 수신(修身)'을 배운 것으로 기록되어 있었다. 이덕희 소장의 말은 이어졌다.

"전수산 지사님은 평양에서 하와이로 건너오시기 전 여학교에서 받았던 졸업장이며 수업증서(각 학년 진급 시에 받는 증서), 성적 우수상장 등을 꼼꼼하게 챙겨 가지고 오신분입니다. 전수산 지사님 덕에 우리가 당시 진명여학교에서 이뤄졌던 수업 과목 등을 이해할 수 있게 된 것이지요. 뿐만 아니라 하와이로 건너 오셔서도 당시 하와이에서 발행하던 〈신한국보〉와 〈국민보〉등 신문을 구독하고 꼼꼼하게 모아둔 덕에 오늘날 사료로서 크게 활용되고 있습니다. "

개화기 신여성으로 조선에서 제대로 된 교육을 받았던 전수산 지사는 평양 출신으로 1916년 무렵 하와이로 건너갔다. 1919년 상해에서 대한민국임시정부가 수립되어 공채를 발행하게 되자 전수산 지사는 당시 돈으로 15달러 상당의 공채를 매입하여 독립운동자금을 지원하였다. 이어 1919년 4월 1일 하와이 호놀루루에서 창립된 하와이 부인단체인 대한부인구제회에 가입하여 국권회복 운동과 독립운동에 필요한 후원금을 모아 상해 임시정부를 돕는데 앞장섰다.

대한부인구제회 회원들은 상해 임시정부의 독립자금뿐만 아니라 조국의 애국지사 가족들이 어렵게 사는 것을 보고 그 가족들을 돕는 구제금을 송금하는 등 조국애를 유감없이 발휘하였다. 전수산 지사는 1942년부터 1945년 광복이 될 때까지 대한인부인구제회(大韓人婦人救濟會)회장으로 있으면서 중경에 있는 대한민국임시정부를 적극 도왔다.

"할머니의 독립운동은 굉장히 적극적이셨는데 특히 독립자금을 억척스레 모아서 임시정부를 지원한 것만 봐도 알 수 있을 것입니다. 할머니가 남기신 유품 가운데 임시정부에서 받은 각종 증명서 등을 통해 알 수 있지요. 저는 할머니의 유품을 모두 한국학연구소에 기증했습니다."

외손자인 티모시 최 선생은 안타깝게도 한국어를 잘 하지 못해 이덕희 소장의 통역으로 대담이 이뤄졌다. 티모시 최 선생처럼 한인 3세들은 현지에서 어떻게든지 살아남기 위해 영어 위주의 공부를 할 수 밖에 없었다. 그는 미국 본토로 건너가 펜실바니아 주립대학에서 석박사를 마친 뒤 무어헤드주립대학에서 교수로 정년을 마치고 현재는 할머니가 잠든 땅 하와이로 돌아와 여생을 보내고 있다고 했다.

75살의 나이가 믿기지 않을 만큼 젊어 보이는 티모시 최 선생은 전수산 할머니와의 추억이 유독 많다고 했다. 그도 그럴 것이 티모시 최 선생이 27살 때까지 할머니가 살아계셨으니 말이다. 전수산 할머니와는 영어와 한국어를 섞어 대화를 나누었다고 했다. "할머니는 숨지기 전날 까지 일기를 쓰셨습니다. 특별한 내용은 아니었지만 하루하루를 성실히 사셨다는 반증이라고 생각합니다. 제가 기억하는 할머니는 누구보다도 부지런하시고 활동적이셨으며 그리고 우아한 모습을 잃지 않았던 분이셨습니다."

말만 제대로 통하고 티모시 최 선생의 허리만 아프지 않았더라면 몇 시간이고 전수산 지사에 대한 대화를 나누련만, 영어가 짧은 글쓴이로서는 통역을 통해서만 알아들어야 하니 안타까울 뿐이었다. 하지만 허리수술로 오래 앉아 있을 수 없는 상황인데도 티모시 최 선생은 고국에서 전수산 할머니에 대한 이야기를 듣고자 달려온 글쓴이를 위해 1시간여나 되는 장시간의 대담에 응해주었다.

▲ 전수산 지사의 외손자 티모시 최 선생과 글쓴이.
오른쪽은 이덕희 하와이한인이민연구소장 (하와이대학 한국학연구소, 2017.4.13.)

　머나먼 미국 하와이 땅에서 조국의 독립을 위해 독립자금을 모으는 한편, 조국의 애국지사 가족을 돕기 위해 열악한 이민 환경 가운데서 부단히 노력한 전수산 지사의 삶은 외손자 티모시 최 선생의 가슴속뿐만 아니라 우리의 가슴속에서도 영원한 횃불로 남아 있을 것이다.

전수산 지사가 잠들어 있는
하와이 호놀루루 다이아몬드 공원묘지를 찾아서

전수산 지사가 잠든 호놀루루의 다이아몬드헤드 공원묘지 (DIAMOND HEAD MEMORIAL PARK)를 찾은 시각은 2017년 4월 18일(현지 시각) 아침 10시였지만 이미 태양은 한여름처럼 뜨거운 열기를 뿜고 있었다. 봉분이라든가 묘지석이 없는 미국의 공원묘지는 그야말로 동네 공원처럼 평온한 곳이었다.

언뜻 보기에는 푸른 잔디밭 같지만 자세히 가보면 바닥에 묻힌 사람의 작은 묘지석이 박혀있다. 전수산 지사의 무덤을 찾아가기 위해 하와이에 도착한 날인 2017년 4월 13일 외손자인 티모시 최 선생과의 대담 때 무덤의 위치를 알아내었지만 막상 도착해보니 워낙 넓은 곳이라 찾을 길이 없어 무덤 관리소에 들려 위치를 확인하는데 시간이 걸렸다.

전수산 지사의 무덤은 남편 이동빈(1898~1947) 선생과 나란히 있었는데 공원묘지의 입구로부터 치면 중간쯤인 섹션 D-79-1과 3에 자리했다. 관리인이 약도에 그려준 위치를 참고하니 의외로 쉽게 찾을 수 있었다. 아! 여기가 전수산 지사의 무덤이런가! 하늘은 높고 푸르렀다.

공원묘지인지라 주변에 꽃을 파는지 알고 빈손으로 달려갔다가 꽃을 팔고 있지 않아 무덤을 확인하고 다시 차로 십여 분 거리에 있는 마켓으로 달려가 극락조화 한 다발과 이름 모를 하와이의 아름다운 꽃 한 다발을 샀다. 꽃다발을 들고 무덤을 향해 걷는 동안 머리 위에서 태양은 빛났다. 독립의 역사에서 비껴있던 하와이 여성독립운동가 전수산 지사의 삶이 순간 강렬한 빛으로 다가섰다. 그 빛을 새기며 글쓴이는 무덤 앞에 마련된 작은 물통 안에 사온 꽃을 정성껏 바치고 큰절을 두 번 올렸다.

두 번의 절 가운데 한번은 먼 이국땅 하와이에 건너와 대한부인구제회 회원으로 상해임시정부와 조국의 애국지사 후손들을 돕고자 뛴 전수산 지사에게 올리는 절이요, 또 한 번의 절은 전수산 애국지사처럼 국내외에서 독립운동을 하다 이름도 없이 빛도 없이 숨져간 여성독립운동가들의 삶을 한 분도 빠짐없이 세상에 알리겠다는 각오의 마음이었다.

▲ 하와이 호놀룰루 전수산 지사의 무덤에서 꽃을 바치는 글쓴이(왼쪽),
　전수산 지사의 무덤 표지판은 남편 성을 따라 리(이)수산으로 적혀있다.

전수산 지사처럼 머나먼 하와이 땅에 건너와 어렵사리 모은 돈으로 조국에 독립자금을 보내던 여성들은 대관절 어떤 절차를 거쳐 하와이에 건너왔을까? 특히 전수산 지사가 하와이로 건너올 무렵에는 이미 나라가 일제에 강점당해 일본의 속국이 되어 버린 때였다. 따라서 전수산 지사는 일본 여권을 가지고 하와이 땅을 밟아야했다.

1910년 무렵 이곳 하와이 땅에는 이른바 남편 얼굴도 모른 채 사진신부로 들어온 여성들이 많았다. 1910년 12월 2일 첫

한인 사진신부 최사라 (당시 23살) 씨가 호놀룰루에 도착하였다. 그러나 전수산 지사는 사진신부는 아니었다. 하와이에 먼저 와 있던 남편 유경상과 합류하기 위하여 서울에서 여권을 발급 받아 온 것이었다.

전수산 지사의 여권은 '일본제국 해외여권' 으로 일본 외무성이 1916년 2월 3일에 발급한 것이다. 여권에는 전수산 지사의 주소가 경성부(서울) 초음정 23번지이며, 유경상의 처라고 되어있고 3살 된 딸 옥희의 이름이 함께 적혀있는 이른바 가족여권을 가지고 있었다. 하지만 당시에는 미국의 이민법(이민법은 1924년에 생김)이 정비되지 않은 시기라 호놀루루항에 입항하고도 바로 입국을 하지 못한 채 항구에서 기다려야했다.

▲ 호놀루루항에 도착하여 만 2일 만에
  하와이 땅을 밟은 전수산 지사,
  입국비자를 들고 3살 난 딸 옥희와 함께
  (이덕희 하와이한인이민연구소장 제공)

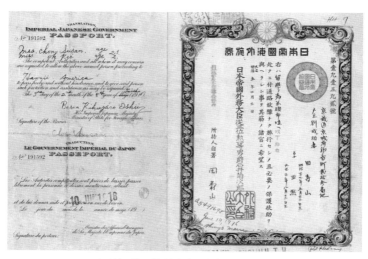
▲ 1916년 6월 19일 일본제국 발행 전수산 지사 여권
(이덕희 하와이한인이민연구소장 제공)

이덕희 한인이민연구소 소장에 따르면 "전수산 지사의 여권에 '일본 배 신요마루 1916년 6월 19일에 호놀룰루에 도착하였다'고 연필로 기입되었고, 하와이 영토 호놀룰루에 입항 허락이 내려진 날자가 1916년 6월 21일로 이민국 직원의 사인이 있다."고 했다.

말하자면 전수산 지사는 하와이 땅에 도착한 뒤 48시간을 항구의 이민국에서 기다린 뒤 입국이 허용되었던 것이다. 당시 이민자들은 배에서 작성한 서류에 이민자의 이름, 성별, 나이, 결혼상태, 마지막 주거지, 도착일자, 도착 선박이름, 도착지 등을 적어야 했고, 또한 이민자의 직업, 글을 읽고 쓸 수 있는가, 지참한 돈은 얼마인가, 전에 미국에 입국한 적이 있는지 등등을 기입하도록 되어 있었다. 이렇게 작성된 서류를 토대로 호놀루루항에서 며칠이고 입국 허락이 떨어질 때까지 대기한 뒤에 입국이 허가되는 경우가 허다했다.

　까다로운 입국 절차는 물론 열악한 사탕수수 밭의 노동이민이라는 험난한 상황 아래 놓였지만 전수산 지사를 비롯한 한인들은 현실에 좌절하지 않았다. 그리고는 한푼 두푼 모은 돈으로 상해 임시정부를 아낌없이 돕는 등 조국 독립에 주춧돌을 놓았으니 그 노고와 공로는 말로 다하지 못하리라고 본다.

　전수산 지사의 무덤을 돌아보면서 먼 이국땅에서 묵묵히 조국 독립의 기틀을 잡는 역할을 한 지사의 숭고한 삶을 더듬어 보았다. 한편, 전수산 지사와 더불어 하와이 여성독립운동가들의 헌신도 함께 잊지 말아야겠다는 다짐을 해보았다. 전수산 지사는 정부로부터 공훈을 인정받아 2002년에 건국포장을 추서 받았다.

〈전수산 지사 무덤〉

하 와 이 : Diamond Head Memorial Park, 529 18th Evenue, Hawaii 96816
무덤위치 : D-79-1(전수산 지사), D-79-3(남편 이동빈 선생)
전　　화 : 공원묘지 사무실 808-734-1954

향촌회 이끌어 군자금 모은

정 찬 성

이천만 동포의
만세운동 이어갈
부녀자 이끌어
만든 향촌회

조여 오는 왜경의
감시망 속에서도
군자금 모아

독립의 주춧돌 쌓은
임의 피눈물

광복의 꽃으로
활짝 피었어라

정찬성 (鄭燦成, 1886. 4.23 ~ 1951. 7) 애국지사

"정찬성, 윤찬복, 최복길 이 세 사람은 특히 조선독립을 희망하는 마음이 간절하여 크게 조선독립의 기세를 드높여 상해임시정부를 원조할 목적으로 서로 협의하였다. 그리하여 재작년(1919) 음력 10월 9일 평남 순천군 제현면 문창리 예수교학교 내에서 모여 비밀리에 대한민국회 부인향촌회라하는 큰 단체를 조직하였다.

이들은 신자들로 부터 수십 명의 회원을 모집한 후 회원으로부터 회비 기타 의연금으로 합계 160여원의 돈을 모금하였다. 이들은 이 돈을 작년(1920) 음력 3월 23일 상해 임시정부의 총무인 차경신에게 보내 조선독립운동을 원조하였다. 부인향촌회에서 윤창복은 회장이 되고 정찬성과 최복길은 회계를 맡아 대대적인 활동을 하였다." 〈동아일보.1920 5. 29〉

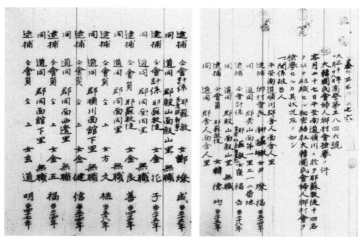

▲정찬성 지사 판결문 (1921.2.28. 조선총독부)

이날 판결을 받은 여성들은 36살의 정찬성 지사 외에 모두 14명이지만 동아일보 기사에는 주동자 3명만 실려 있다. 이들 14명에 대한 자세한 판결은 1921년(대정10년) 2월 28일자 조선총독부경무국장이 '대한국민회부인향촌회 검거건(大韓國民會婦人鄉村會檢擧件)' 이라는 이름으로 내각총리대신을 비롯하여 경찰총감, 경시총감, 관동군사령(關東軍司令官), 각법원장, 봉천, 길림, 하얼빈, 천진, 상해는 물론이고 간도각영사(間島各領事) 앞으로 보내고 있는 것으로 보아 조선 내의 만세운동과 관련된 사람들의 명단을 공유하고 있음을 알 수 있다.

이것은 또한 조선을 떠나 중국 등으로 이동하는 독립운동가를 사전에 감시하고자 하는 의도가 깔려있는 것이다. 독립운동가들이 독립자금을 모아 상해 임시정부에 보내는 것을 왜경들이 두 눈을 부릅뜨고 감시하던 때였으므로 이들은 항상 '체포'의 위험성에 노출되어 있었다.

그럼에도 정찬성을 비롯한 여성들은 왜경에 잡히는 것을 두려워하지 않았다. 이들의 활동은 일본 쪽 기록인 고경 제5846호(高警第五八四六號) 등에 자세히 나와 있다.

한편, 정찬성 지사가 활동하던 1919~21년 사이에 왜경에 검거된 항일부녀단체는 대한국민회부인향촌회(평남 순천)를 비롯하여 대한독립여자청년단(평남 강서), 결백단(평양 평괴), 대한독립부인청년단(평남 대동), 여자복음회 (평남 개천), 대한애국녀자청년단(평남 강서), 의용단(부산), 학생구국단(수원) 등을 들 수 있다.

대한민국부인향촌회에서 활약한 정찬성 지사는 1919년 9월 평양에서 결성된 대한국민회에도 가담하였다. 대한국민회는 평양에 본부를 두고 교회를 중심으로 지부조직을 세워 갔는데 특히 평안도 일대에 지부 조직이 발달하였다. 그리고 여성들의 참가도 두드러져 부인향촌회와 같은 여성들로만 이뤄진 독립 조직을 세울 정도였다.

부인향촌회의 주요 활동은 군자금 모집과 임시정부의 선전에 있었다. 군자금의 모집은 주로 회원의 의연금으로 이루어졌다. 그리하여 순천의 부인향촌회에서는 회원으로부터 4원씩 의연금을 모집하여 일부는 향촌회 운영비용으로 쓰고 나머지 160원을 모아 1920년 3월 23일 상해 임시정부에 보냈던 것이다. 당시 임시정부에는 일본 요코하마 여자신학교에 다니던 차경신 지사가 건너가 도산 안창호 선생을 도와 국내를 오가면서 비밀요원으로 활약하던 때로 1921년 1월에는 대한국민회부인향촌회와 연계하여 군자금 모금에 힘을 모았다.

그러던 중 1921년 1월 조직이 발각되어 붙잡힌 정찬성 지사는 1921년 7월 2일 평양지방법원에서 이른바 제령(制令) 제7호 위반으로 징역 3년을 받아 옥고를 치렀다. 정부에서는 고인의 공훈을 기려 1995년에 건국훈장 애족장을 추서하였다.

피울음으로 애국여성 혼 일깨운

조 룡제

독립운동사에 빛나는
열두 명 독립투사 키워낸
고려개국공신 명문가 고명딸

이역만리 중국땅에서
광복의 그날 꿈꾸며
붉은 피울음으로

한국혁명여성동맹 이끌어
애국혼 일깨운 이여!

솟구치던 임의
그 푸르른 열정
독립에의 투혼

삼천리 강산에
광복의 꽃으로 피어났어라

조용제 (趙鏞濟, 1898. 9.14 ~ 1947. 3.10(양력)) **애국지사**

▲조용제 지사, 그림 한국화가 이무성

"꿈에 그리던 어머니, 애국지사 조용제 묘역 곁에서 평안히 잠드소서"

이는 4월 18일 타계한 조용제 애국지사의 둘째 아드님인 김진섭 육군준장의 무덤에 새겨진 글이다.

"저의 아버지(김진섭 장군)는 어머님(조용제 지사)과 6살에 헤어진 뒤 17살 청년이 되어서야 다시 재회의 기쁨을 누렸습니다. 그동안 조용제 할머니는 중국에서 독립운동을 하신거지요. 얼마나 어머님 품이 그리웠으면 아버지는 돌아가시면서 어머님 곁에 묻히기를 바라셨겠어요. 뿐만 아니라 평창동 집에는 항상 조용제 할머니 초상화를 걸어두시고 그리운 마음을 달래셨지요."

조용제 지사의 손녀인 김상용 교수(국민대 행정대학원 사회복지전공 주임교수)는 조용제 할머니와 아버지의 어린 시절을 이야기를 할라치면 가슴이 미어진다고 했다. 할머니의 삶을 평생 자신의 중심에 두고 존경하는 까닭은 일제강점기에 독립운동에 앞장섰을 뿐 아니라 어려운 여건 아래서도 두 아드님을 훌륭히 키워냈기 때문이라고 했다.

조용제 지사는 대한민국 독립운동사에 커다란 발자취를 남긴 12명의 독립운동가를 배출한 집안에서 태어났다. '대한민국'이라는 국호를 처음 지은 독립운동가 조소앙 선생은 조용제 지사의 오라버니다.

경기도 양주 출신으로 아버지 조정규, 어머니 박필양의 6남 1녀 가운데 외동딸로 태어난 조용제 지사의 아버지 조정규 선생은 정3품 통정대부(通政大夫) 조성룡의 외아들로 학덕을 겸비한 함안 조 씨 가문의 선비였다. 함안 조씨 시조 조정(趙鼎)은 왕건(王建)을 도와 고려통일에 큰 공을 세운 개국벽상공신(開國壁上功臣, 벽상공신이란 개국의 공로를 높이사 초상(얼굴)을 그려 벽에 걸어둘 정도의 큰 역할을 한 공신을 말함)이다.

조용제 지사의 오라버니 조소앙은 일본유학을 마치고 1919년 중국으로 망명하여, 임시정부 수립에 참가하는 등 활발한 독립운동을 하고 있었다. 그러한 오라버니의 영향으로 중국으로 건너간 조용제 지사는 한국독립당에 입당하여 오라버니 조소앙 선생과 함께 독립운동에 힘썼다.

한국독립당은 1930년 1월 25일 중국 상해에서 조직된 민족주의 계열의 대표적인 독립운동 정당으로 결성 이후 1935년 9월, 재건과 통합(1940. 5)의 변천과정을 거치면서 탄탄한 조직으로 변모되어 갔다. 조용제 지사는 1941년 중경의 한국독립당 강북구당(江北區黨) 간부로 선임되어 독립정신을 드높이는 일과 군자금 모집에 앞장섰다.

▲ 한국혁명여성동맹시절, 가운데 줄 왼쪽 두 번째가 조용제 지사(1940)

한편, 조용제 지사는 1940년 한국국민당, 한국독립당, 조선혁명당이 한국독립당으로 통합하여 출범하면서 그 산하단체로 여성단체인 한국혁명여성동맹의 창립 요원으로 참여하여 한글을 잘 모르는 독립운동가 자녀들에게 우리말과 독립정신을 심어주는 활동을 했다.

1943년 2월 중국 중경에서 한국애국부인회(韓國愛國婦人會)의 재건 움직임이 일면서 조용제 지사는 재건요원으로 뽑혀 전체 부녀자들의 각성과 단결을 부르짖으며 여성의 독립운동을 이끌었다. 한국애국부인회는 우리나라 국내외 1천 5백만 애국여성의 단결의 상징이며, 일본타도와 대한독립, 민족해방을 위한 목표를 두고 활동했다는 데 그 의의가 있다.

특히 한국애국부인회는 국내 각층의 여성, 우방 각국의 여성조직, 재미여성단체와의 긴밀한 상호관계를 통한 여성의 연대를 이뤄낸 것이 특징이다. 조용제 지사를 비롯한 애국부인회 여성들은 "국내외 부녀를 총단결하여 전민족 해방운동 및 남자와 일률 평등한 권리와 지위를 향유하는 민주주의 신공화국 건설에 적극 참가하여 공동 분투하기로 한다" 는 내용의 7개조에 이르는 강령을 만들어 활발한 사회활동과 독립운동을 펼치면서 대한민국임시정부를 적극 도왔다.

조용제 지사는 두 아드님을 두었는데 큰 아드님 김진헌 (1924.12.18.~1950년 납북) 교수와 김진섭 장군(1930.1.25.~ 2017.4.18)이다. 김진헌 교수는 현재 독립운동유공자 서훈을 신청 중에 있다.

글쓴이는 2017년 3월 23일 (목) 오후, 봄꽃이 아름다운 교정의 국민대학교를 찾았다. 이곳은 조용제 지사의 손녀인 김상용 (국민대 행정대학원) 교수가 재직 중인 곳으로 김상용 교수는 독립운동가 집안의 후손으로 부끄럽지 않은 삶을 제자들에게 솔선수범으로 보여주고 있었다. 미리 시간 약속을 하고 찾아간 글쓴이를 위해 할머니 조용제 지사와 관련된 자료를 꼼꼼히 챙겨주면서 학생들에게 평소 독립정신을 되새기는 이야기를 틈만 나면 들려주고 있다고 했다.

▲ 2017년 5월 27일, 경기도 양주에 있는 조소앙 기념관을 찾은 국민대 행정대학원 사회복지학과 대학원생들 뒷줄 왼쪽에서 4번째가 조용제 지사의 손녀 김상용 교수

2017년 5월 27일은 토요일임에도 행정대학원 사회복지학과 대학원생 제자들과 경기도 양주에 있는 조소앙 기념관을 찾아 책에서 다루지 않는 독립운동의 현장 공부도 게을리 하지 않고 있었다. 김상용 교수의 할머니, 조용제 지사는 정부로부터 공훈을 인정받아 1990년에 건국훈장 애족장이 추서되었다.

* 조용제 지사의 독립운동에 관해서는 경기도 양주시 남면 양연로 173번길 87에 있는 〈조소앙 기념관〉에 가면 더 자세한 활동과 정보를 얻을 수 있다.

더보기

독립운동사에 빛나는 조용제 지사 일가의 독립운동

〈오라버니, 조용하 : 1882. 3. 3 ~ 1937. 3. 3〉

　　조용제 지사의 큰 오라버니로 재미(在美)생활 20여 년간 넥타이 한 개만을 사용할 정도로 검소했던 조용하 선생은 1901년 대한제국의 주독(駐獨), 주불(駐佛)공사관 참사관을 지냈다. 그 뒤 1905년 을사늑약이 강제로 맺어지자 북경으로 망명하여 독립운동에 뛰어들었다. 1913년 미국으로 건너가 박용만과 함께 하와이에서 조선독립단(朝鮮獨立團 Korean Independence League)을 조직하였으며, 1920년 7월 하와이 지방총회에서 지단장에 선출되어 기관지 〈태평양시사〉를 발행하는 등 활약하였다.

　　그는 또한 친동생인 상해임시정부 외무총장 조소앙과 긴밀한 연락을 유지하며 외교 및 홍보활동을 펼쳤다. 1932년 4월 조소앙으로부터 중한동맹회(中韓同盟會) 조직의 선언서와 입회용지를 받고 하와이에 있던 동지를 권유하여 가입시켰으며, 임시정부와 긴밀한 관계를 유지하며 독립운동을 계속하였다.

같은 해 10월에는 보다 본격적인 활동을 위하여 미국 기선 프레지던트 후우버호를 타고 상해로 가던 도중 일본 고베(神戶)에 기항하였다가 미리 정보를 입수한 왜경에게 잡혔다. 1933년 1월 서울로 압송된 그는 1933년 4월 1일 경성지방법원에서 징역 2년 6月형을 받고 옥고를 치렀다. 출옥 뒤 옥고의 여독으로 1937년 3월에 서거하였다. 정부에서는 고인의 공훈을 기려 1977년에 건국훈장 독립장을 추서하였다.

〈오라버니, 조소앙 : 1887. 4.10 ~ 1958. 9〉

대한민국이라는 국호를 처음 사용한 사람으로 알려진 조소앙 선생은 1904년 성균관을 수료하고 7월에 황실유학생에 뽑혀 일본으로 건너가 도쿄부립제일중학교(東京府立第一中學校)에 입학하였다. 1905년 을사조약이 맺어지자 도쿄 유학생들과 같이 우에노(上野)공원에서 7충신 추모대회와 매국적신 및 일진회의 매국행각 규탄대회를 열어 일제를 꾸짖었다.

조국이 일제에 강탈당하자 항일운동의 발판을 마련하고자 1913년 북경을 거쳐 상해로 망명한 뒤 신규식 · 박은식 · 홍명희 등과 동제사(同濟社)를 개편하여 박달학원(博達學院)을 세웠다. 이곳에서 청년 혁명가들을 길렀으며 이는 중국에서의 항일독립운동을 위한 발판이 되었다.

1919년 3 · 1만세운동 직후에 조소앙 선생은 국내에서 조직된 조선민국임시정부의 교통무경에 추대되었으며 같은 해 4월 상해에서 임시정부를 수립할 때 앞장서서 참여하였다. 임정출범의 법적 뒷받침이 된 '임시헌장' 과 '임시의정원법' 의 기초위원으로 실무 작업을 담당하여 민주공화제 임정수립의 산파역을 맡았다.

1945년 8·15 광복을 맞아 12월, 조소앙 애국지사는 임시 정부 대변인으로 한국독립당 부위원장으로 환국하였는데, 환국 당시에는 대한민국 건국강령에 따라 건국운동을 계획하였다. 임시정부요인들은 이러한 스스로의 정치적 포부를 실현하기 위해 전력을 다하였으나 뜻하지 않게 국토는 남북으로 갈리게 되었고 남한만의 단독선거에 의한 정부가 들어서자 대한민국을 임시정부의 정통성을 계승한 정부로 인정하고 '사회당'을 결성하고 위원장에 뽑혔다.

이 사회당의 기본노선은 결당대회 선언서에서 밝힌 바와 같이 "대한민국의 자주독립과 남북통일을 완성하고 정치·경제·교육상 완전 평등한 균등사회 건설에 앞장선다." 는 것으로 먼저 대한민국 체제 내에서 삼균주의 이념(정치·경제·교육상 완전 평등한 균등)을 실천하려는데 있었다. 그러나 6·25전쟁으로 서울에서 강제납북 되어 자신의 뜻을 펼치지 못한 채 북한에서 임종을 맞이하였는데 1958년 9월 조소앙 선생은 임종에 즈음하여 "삼균주의 노선의 계승자도 보지 못하고 갈 것 같아 못내 아쉽다. 독립과 통일의 제단에 나를 바쳤다고 후세에 전해다오" 라는 말을 남겼다고 한다.

정부에서는 고인의 공훈을 기려 1989년에 건국훈장 대한민국장을 추서하였다.

〈오라버니, 조용주 : 1891. 8.24 ~ 1937.12. 9〉

조용주 선생은 1913년에 중국으로 망명하여 친형인 조소앙과 힘을 합쳐 상해에서 아세아민족반일대동당(亞細亞民族反日大同黨)을 결성하여 항일투쟁을 펼치고 1916년에는 상해에서 대동당(大同黨)의 결성을 이끌었다. 1917년의 대동단결선언(大同團結宣言) 때에도 조소앙의 활동을 도왔다.

3 · 1만세운동이 일어나자 길림에 있던 선생은 〈대한독립선언서(大韓獨立宣言書)〉의 작성에 참여하였고, 다시 상해로 건너가 대한민국임시정부의 임시헌장(臨時憲章)을 기초하기도 하였다. 한편 같은 해 5월에 조소앙이 국제무대에서의 외교활동을 위해 유럽으로 떠나기에 앞서 선생은 4월 말쯤 외교활동에 대한 지원단체를 조직하기 위해 국내로 들어와 대한민국청년외교단(大韓民國靑年外交團)을 조직하였다.

1919년 5월에 서울에서 결성된 대한민국청년외교단은 독립정신의 보급 및 선전과 아울러 세계 각국에 외교원을 파견하여 독립 실현을 보장받는데 목표를 둔 단체로서 국내 곳곳 그리고 나라밖 상해에 지부를 만들고 조소앙의 외교활동에 대한 지원 및 선전활동을 폈다.

이때 조용주 선생은 동단의 외교원으로 뽑혀 활약하는 한편 대한민국청년외교단의 자매단체인 대조선독립애국부인회(大朝鮮獨立愛國婦人會)를 혈성단애국부인회(血誠團愛國婦人會)와 통합하여 대한민국애국부인회(大韓民國愛國婦人會)로 발전 · 개편하는데 앞장섰다.

이후 그는 상해와 국내를 오가며 대한민국청년외교단의 활동을 지도하다가 1919년 11월말 동단체가 발각되는 바람에 잡혀 징역 3년형을 언도받았다. 정부에서는 고인의 공훈을 기려 1991년에 건국훈장 애국장(1963년 대통령표창)을 추서하였다.

〈오라버니, 조용한 : 1894.10. 4 ～ 1935.11.25〉

조용한 선생은 1920년 음력 12월 20일 무렵 김홍제 · 오인영과 함께 독립군자금을 모집한 뒤 중국 상해로 망명하여 대한민국임시정부에 참여하였다. 선생은 완구용 권총 한 자루를 구입한 다음 중국 동삼성(東三省) 소재 서로군정서(西路軍政署) 명의의 인장을 조각하여 군자금 영수증서를 작성하고 수원·안성·진위의 부자들로부터 군자금을 모집하려고 오인영을 방문하러 가던 중 왜경에게 잡혔다.

1921년 5월 5일 경성지방법원 수원지청에서 이른바 정치범죄처벌령 위반 및 강도예비 등으로 유죄판결을 받고 같은 해 6월 6일 경성복심법원에서 징역 3년형을 언도받아 옥고를 치렀다. 그 뒤 1928년 5월 중국 상해로 건너가 대한민국임시정부 외교총장인 친형 조소앙과 함께 독립운동에 앞장섰다. 정부에서는 고인의 공훈을 기려 1990년에 건국훈장 애국장을 추서하였다.

〈동생, 조시원 : 1904.10.23 ~ 1982.7.18〉

조시원 선생은 1928년 상해에서 한인청년동맹 상해지부 집행위원회 정치·문화부 및 선전조직부 간부로 활동하였으며, 1930년에는 한국광복진선(韓國光復陣線)을 결성하였다. 1935년에는 조소앙·홍진 등과 함께 월간잡지『진광(震光)』을 펴내 항일의식을 높였다. 1939년 10월 3일에는 임시의정원 경기도 의원에 뽑혀 광복 때까지 의정활동에 참여하여 항일활동에 몸을 바쳤다.

1940년 5월에는 3당 통합 운동에 적극 참여하여 한국독립당을 창당하여 그 중앙집행위원에 뽑혔다. 1940년 9월 17일에 한국광복군이 창설됨에 따라 광복군 총사령부 부관으로 임명되었으며 총사령부가 중경에서 서안으로 옮겨감에 따라 서안으로 가서 부관처장 대리로 일했다. 또한 임시정부 선전위원회의 위원을 겸직하기도 하였다.

1941년에는 전시 하에 급격히 필요한 간부를 많이 길러내기 위하여 일정한 기간 교육훈련을 하는 군사교육기관인 중국 중앙전시간부훈련 제4단특과총대 학원대한청반(中央戰時幹部訓練 第四團特科總大 學員隊韓青班)에서 안일청 · 한유한 · 송호성 등과 함께 군사 교관으로서 전술, 역사, 정신교육을 담당하며 민족정신을 기르는데 온힘을 쏟았다. 1943년에는 광복군 총사령부 군법 실장(軍法室長)에 뽑혀 항일 활동을 펼쳤으며, 광복군 정령(正領)으로 일했다. 정부에서는 고인의 공훈을 기려 1963년에 건국훈장 독립장을 수여하였다.

이 밖에도 둘째 오라버니인 조소앙 선생의 부인인 오영선(2016 애족장), 둘째 부인 최형록(1996 애족장), 자제인 조시제(1990 애국장), 조인제(1963 독립장), 조계림(1996 애족장), 조소앙 선생의 동생 조시원의 부인인 이순승(1990 애족장), 그리고 자제인 조순옥(1990 애국장), 사위 안춘생(1963 독립장) 등을 포함하여 다수의 독립유공자를 배출한 독립운동사에 빛나는 집안이다.

온몸으로 독립선언서 지켜낸

조충성

황해도 옹진의 스물셋 처녀
병든 몸 이끌고
기미년 만세 격문 숨겼다가
왜경 올가미에 걸려들었네

차디찬 철창 속
뼛속까지 타들어가는
고문으로
혼미해 가는 정신
몇 번이고 다시 일으켜

기미년 만세 함성
멈추지 않게
피눈물로 기도했으리
피눈물로 기도했으리

조충성 (曺忠誠, 1895. 5.29 ~ 1981.10.25) 애국지사

▲조충성 지사

"평안남도 용강군 대대면 덕동리 감리교 부인회에서는 동회 창립 9주년 기념식을 지난 3일 오후 8시에 동 교회 예배당에서 열고 동 회당 조충성 씨 사회로 동회 연혁 설명과 성과 보고가 있은 후 동 교회 목사 정진현 씨의 의미 깊은 축사와 회원 안신행 씨의 답사가 있었으며 연이어 청아한 음악이 있어 전에 없던 대성황을 이루었답니다.(진남포)"

조충성 지사에 관한 기사가 '덕동부인회기념(德洞婦人會記念)'이란 제목으로 동아일보 1925년 9월 9일치에 실려 있다. 이날 덕동부인회 9주년 기념식에서 사회를 본 조충성 지사의 나이는 29살로 이 모임은 9년 전 곧 1916년에 결성된 모임임을 알수 있다. 3·1 만세운동이 일어나기 3년 전 일이다.

일제에 나라를 빼앗기기 전인 1905~10년 무렵 조선에는 서울 지방 합쳐 모두 30개의 여성조직이 있었다. 그 가운데 경성의 경우 여자교육회(女子教育會), 진명부인회(進明夫人會), 양정여자교육회, 대한여자흥학회(大韓女子興學會), 한일부인회, 자선부인회, 동양애국부인회, 자혜부인회 등이 있었다.(이 가운데 한일부인회, 자선부인회, 동양애국부인회, 자혜부인회 등은 훗날 친일단체로 변절)

1907년 4월에 발족한 진명부인회의 경우, 검소하고 절약하는 모범적 여성상을 실현하기 위해 여성교육 운동을 펼쳤다. 박영인, 민현자, 이미경 등이 주축이 되어 여성 교육과 여공(女工) 양성을 통해 경제적인 자립을 도와주었으며 지금으로 치면 장학기금을 만들어 가난한 집안의 아이들에게 학비를 지원하는 등 민족교육 운동과 여성운동을 적극적으로 추진하였던 대표적인 여성운동 조직이었다.

▲ 조충성 지사의 유해는 국립서울현충원, 충혼당 1층 108실 165호에 모셔져 있다

이처럼 서울을 비롯한 전국에 여성 중심의 '부인회' 가 속속 창립되는 과정에서 평안남도 용강군에서도 교회를 중심으로 한 '덕동부인회(德洞婦人會)' 가 생긴 것이다. 이 무렵 조충성 지사가 관여한 덕동부인회 역시 그 활동은 진명부인회 활동과 크게 다르지 않았을 것으로 여겨진다. 당시 창립 9주년 기념식을 성황리에 치렀다는 동아일보 기사가 이 단체의 존재감을 말해주고 있다. 더구나 단순한 기념식이 아니라 '청아한 음악회'까지 곁들일 정도로 상당한 문화 수준의 창립 기념식이었던 것으로 생각된다.

조충성 지사는 이보다 앞서 23살 되던 해인 1919년 3월 1일 황해도 옹진군 마산면 온천리에 있는 기독교 예배당에서 열린 독립기원 예배에 참석하였다. 이 자리에서 전도사 이경호는 고종황제의 추도식을 올린 뒤 독립선언서 취지를 설명하고 독립기원 예배를 올렸다.

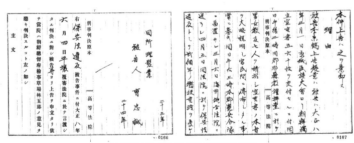

▲1919년 6월 4일 판결문(평양복심법원)

이날 조충성 지사는 이경호에게 독립선언서를 교부받은 뒤 집으로 가져와 비밀리에 보관하고 있었다. 그러나 그날 저녁 일본 헌병이 집에 들이닥쳐 독립선언서의 보관 여부를 추궁한 뒤 조충성 지사를 잡아갔다. 이 일로 1919년 6월 4일 평양복심법원에서 이른바 보안법 위반으로 징역 3월을 받고 옥고를 치렀다.

  그렇지 않아도 여학교 재학 중에 병으로 학교를 그만 두고 요양 중이던 그에게 감옥 생활은 가혹한 일이었다. 그러나 출옥 뒤에는 몸을 다시 추슬러 해주여자청년회(海州女子靑年會)회장과 덕동부인회(德洞婦人會)에서 독립운동에 깊숙이 관여하였다. 정부에서는 고인의 공훈을 기려 2005년에 대통령표창을 추서하였다.

비밀결사대 송죽회 이끈

최 금 봉

일찍이 신문물을
받아들인 집안

굳은 독립의지
아버지 뜻이어

죽어도
동지의 혼을 팔지 말자는
비밀결사대 이끌며

고통의 바다 넘어
나아간 힘은

애오라지
가슴에 품은
조국 광복의 푸른 꿈
때문이었으리

최금봉 (崔錦鳳, 다른 이름 최매지 1896. 5. 6 ~ 1983.11.7)

"어렸을 때부터 저는 혼인할 생각이 없었습니다. 교회에서 외국인 선교사들이 남의 나라를 위해 일하는 게 부러워 보여 저도 평생 그런 생활을 하리라 마음먹었지요. 남들처럼 평탄하지는 않았지만 후회 없는 일생을 보냈습니다." 이는 제11회 용신봉사상을 받은 최금봉 지사가 〈조선일보〉(1973. 9.28)와의 대담에서 밝힌 말이다. 당시 최금봉 지사의 나이는 78살로 최 지사는 7살 때부터 남을 위해 봉사하는 삶을 살겠다는 각오를 70 평생 지켜냈다고 했다.

최금봉 지사는 금봉이란 이름보다도 매지(梅智)라는 이름으로 더 알려졌다. 또한 독립운동가 보다는 최초의 여자 치과의사로 알려져 있지만 최금봉 지사는 "평양을 중심으로 대한애국부인회를 조직하고 군자금 모집 등에 앞장서다 왜경에 잡혀 평양복심법원(平壤覆審法院)에서 징역 2년 6월을 선고받아 복역"한 당당한 항일여성독립운동가다.

명성황후 시해가 있던 이듬해 최금봉 지사는 인천 제물포의 기독교 집안에서 태어났다. 일찍부터 신문물을 받아들여 여자에게도 교육을 시켜야한다는 교육열이 높은 가정에서 자란 최금봉 지사의 큰아버지 최병현 선생은 우리나라 최초 여학교 인천영화학교와 내리교회를 설립한 분이기도 하다.

최금봉 지사는 10살 때 평안남도 진남포로 이사하였으며 1916년 일본 히로시마고등학교를 졸업하고 22살 때인 1918년 삼숭소학교 교사로 일하면서 비밀결사대인 송죽회(松竹會)에 가입하여 황에스터, 김경희 등과 함께 항일독립운동에 적극적으로 참여하였다.

송죽회는 1913년에 결성된 철저한 여성 항일비밀결사 조직으로 망명지사의 가족을 돕고 독립군의 자금 지원과 실력함양을 장려하기 위한 목적으로 설립된 단체로 1916년 송죽회가 지방조직을 결성할 때 남포지역 책임자로 뽑혀 조직 확대에 힘썼다.

뿐만 아니라 1919년에는 비밀결사 애국부인회(愛國婦人會)에 가입하여 항일독립운동을 계속하였는데 이 조직은 1919년 6월 박승일, 이성실, 손진실 등이 평양에서 기독교 감리파의 부인신도들을 모아 만든 상해 임시정부를 지원하는 단체였다.

애국부인회는 11월 임시정부 요원 김정목, 김순일의 권유로 한영신, 김보원, 김용복 등이 기독교 북장로파 부인 신도들을 중심으로 조직한 애국부인회(愛國婦人會)와 통합하여 대한애국부인회(大韓愛國婦人會)로 확대, 개편하였으며 회장은 안정석이 맡았고 최금봉 지사는 서기 겸 진남포 감리파 지회장으로 뽑혀 활동하였다.

대한애국부인회는 재무부, 교통부, 적십자부의 부서를 갖추고 평양을 비롯한 서북지역의 부인회 조직을 지회로 흡수하였으며 본부는 지회의 연합체적 성격을 띠었는데, 항일독립사상을 알리고 독립운동자금 모집에 힘써 2천 백여 원의 군자금을 모금하여 임시정부에 전달하였다.

이와 같은 적극적인 독립운동을 펴던 중 최금봉 지사는 1920년 12월 왜경에 잡혀 1921년 2월 평양복심법원에서 징역 2년 6월형을 언도받고 혹독한 옥고를 치렀다. "그때 같이 옥살이를 한 분으로는 박현숙 씨가 살아 계시지요. 감옥에서 나오자 사회를 위해, 국가를 위해 혼인 안하려는 결심이 굳어졌지요. 그래 부모의 도움을 안 받고 자립하려고 치과 공부를 했습니다. 33살의 늦은 나이에 일본 도쿄여자치과의전을 졸업하고 평양에서 1930년 조선치과의원을 개업, 10년 동안 여의사의 이름을 날렸지요"

결혼을 안 하려고 결심했지만 42살에 '평생의 소원이 딸의 결혼이라던 아버지의 성화'에 못 이겨 최금봉 지사는 결혼에 이른다. 하지만 해방 되던 해에 남편이 타계하는 바람에 9년 만에 결혼 생활은 아이 없이 끝났다.

최금봉 지사는 우리나라 최초의 여자 치과의사로 치과병원을 운영하면서 주민들을 위한 무료진료 활동을 하는 한편 지역 사회 부녀 계몽과 구강위생 사업 등을 폈다. 뿐만 아니라 진남포 여성동우회 회장(1931년), 진남포 엡윗청년회 회장(1932년), 진남포 삼숭학교 동창회장과 삼숭유치원 원장(1935년) 등을 맡아 일했다.

▲최금봉(최매지) 지사의 치과의원 개업을 알리는 기사(조선일보 1932.3.24)

남편의 고향인 안동으로 내려간 인연으로 광복 뒤에는 경상북도 안동읍 부인회 회장을 비롯하여 대한부인회 총본부 부회장(1948년), 국민회 안동군지부 부녀회장, 대한부인회 총본부 이사, 전재(戰災)부인회 상조회 부회장(1951년), 기독교여자절제회 서울시 회장(1956년), 종교교회 여선교회장(1965년), 인덕실업학교 이사, YMCA 할머니회 초대회장(1972년) 등의 사회봉사 일에 적극적으로 뛰었다.

"여자가 시집가 가정주부로만 만족할 것이 아니라 지역사회 발전을 위한 일에 적극적으로 참여하면 보다 살기 좋은 세상이 될 것이라는 말을 젊은 여성에게 꼭 전하고 싶다"고 최금봉 지사는 〈조선일보〉(1973.9.28) 대담에서 말했다.

일제강점기에는 여성독립운동가로, 치과의사로, 한국전쟁 이후부터는 전쟁 미망인을 위한 사회사업가로 일생을 바친 최금봉 지사는 '남을 위해 사는 것, 검소하게 사는 것, 합리적으로 사는 것, 절제 있는 생활을 하는 것'을 평생 신조로 살다가 1983년 87살을 일기로 생을 마감했다. 정부에서는 고인의 공훈을 기려 1990년에 건국훈장 애국장(1977년 건국포장)을 추서하였다.

조국 광복의 어머니, 하와이

황 마리아

낯선 땅 하와이
사탕수수밭 달구는
뜨거운 태양 아래

구릿빛 살 태우며
막노동으로 번 돈
군자금으로 보내고

고통스런 타향살이
여성들 모아
광복의 푸른 꿈 심어준
임의 피 끓는 애국혼

조국 광복의
주춧돌 되었어라

황마리아 (1865 ~ 1937.8.5) **애국지사**

▲ 대한부인구제회 시절 황마리아 지사

와이키키 해변의 고운 백사장에는 4월인데도 한여름처럼 비키니 차림의 사람들이 해수욕을 즐기고 있었다. 글쓴이는 2017년 4월 13일부터 21일까지 하와이 출신 여성독립운동가 취재를 위해 하와이를 방문했다.

첫날 하와이대학의 한국학 연구소 방문을 비롯하여 연일 강행군을 하는 가운데 16일은 와이키키해변에서 그리 멀지 않은 호눌루루항으로 일정을 정했다. 호눌루루항은 하와이 최초의 이민선인 갤릭(Gaelic)호가 닿았던 곳으로 지금도 선착장은 그대로 보존되고 있었다. 지금으로부터 114년 전 이민선을 타고 낯선 땅에 내려 사탕수수밭으로 향했던 선조들을 그리며 항구를 둘러보았다.

1903년 1월 13일 하와이 호놀룰루항에 도착한 갤릭호에는 101명의 조선인(한국인)이 타고 있었는데 일본의 제지로 이민이 중단된 1905년까지 총 7,226명의 조선인들이 하와이 사탕수수밭 노동을 위해 건너갔다. 첫 이민선이 뜬지 2년 뒤인 1905년 4월, 여성독립운동가 황마리아 애국지사도 고국 평양을 떠나 아들과 딸을 데리고 도릭선편으로 하와이 노동이민의 첫발을 내딛었다.

당시 큰딸은 19살(강혜원, 1995년 애국장 서훈)이었으며 17살이었던 아들 강영승(2016년 애국장 서훈)의 노동이민에 가족이 동반하는 식으로 이민 길에 나선 것이었다. 무려 한 달여의 길고 긴 항해 끝에 황마리아 가족이 하와이에 도착한 것은 1905년 5월 13일이었다. 이들은 하와이 가피올라니(Kapiolani) 농장과 에와(Ewa) 농장에 소속되어 고달픈 이국 땅에서 사탕수수밭 노동자로서의 삶을 시작했다.

"이 섬으로 올 가치가 있는 어떤 인종이라도 이 농장에서 생활해본다면 아무도 영원히 남으려 하지 않을 것이다." 이는 1915년 하와이 노동통계원장이 한 말로 『하와이 한인 이민 1세 – 그들의 삶의 애환과 승리, 웨인 패터슨 지음, 정대화 옮김』 122쪽에 나오는 말이다.

낮이면 뜨거운 태양이 내리쬐는 사탕수수밭에서 노동에 시달리고, 밤이면 집이라고도 할 수도 없는 움막에 들어가 새우잠을 자면서 엄습하는 육신의 고통과 미래에 대한 불확실성에 떨어야 했던 노동자의 삶을 황마리아 가족도 겪어야 했다.

그러나 이국땅 낯선 환경의 사탕수수밭 농장에서 일을 하면서도 이들 이민자들은 고국을 한시도 잊은 적이 없었다. 그러던 참에 들려온 일제의 조선 침탈소식은 청천벽력의 일이었다. 그렇다고 조국의 참상에 눈을 감을 수는 없는 일이었다. 황마리아 지사는 경술국치를 당한 3년 뒤인 1913년 4월 19일, 하와이 호놀룰루에서 대한인부인회를 조직하여 회장으로 활약하면서 조국을 돕는 일에 발 벗고 나섰다. 황마리아 지사 나이 48살이 되던 해였다.

▲ 둘째줄 왼쪽에서 세 번째가 황마리아 지사 (1920년대 하와이)

황마리아 등 하와이 이민여성들의 좀 더 적극적인 활동 계기는 1919년 조국의 3·1만세운동이었다. 만세운동 소식이 전해지고 난 뒤 곧바로 황마리아 지사는 1919년 3월 15일, 하와이 각 지방의 부녀 대표 41명을 모아 호놀룰루에서 공동대회를 열고 조국 독립운동의 후원을 위한 대한부인구제회를 꾸렸다. 이들은 3월 29일, 제2차대회의 결의안을 발표하여 조국 독립운동에 적극 동참할 것을 결의하고 1919년 4월 1일 대한부인구제회를 설립하였다.

이 모임의 재정은 회원으로부터 회비 2달러 50센트를 해마다 받아서 경상비로 쓰고 사업경비는 특별의연금으로 충당하였는데 이는 부녀들이 가정살림을 절약하여 애국사업에 바친 것으로 그 액수는 무려 20만 달러에 이르렀다. 이들의 활동은 크게 독립운동 자금 지원과 구제사업 활동이었다. 독립운동 자금 지원은 임시정부와 외교선전 사업에 후원금을 보내는 한편 독립군 지원을 위하여 만주의 군정서와 대한독립군 총사령부 출정 군인에게 구호금을 보냈다. 또한 중경의 광복군 편성 후원금도 보냈다.

구제사업으로는 3·1만세운동 때 부상을 입은 애국지사의 가족에게 구제금 1,500달러를 보냈으며 국내에 재난이 있을 때마다 YMCA와 동아일보, 조선일보를 통해 구제금을 보내 고국 동포들이 겪는 고통을 함께 나눴다.

뿐만 아니라 이 보다 앞서 황마리아 지사는 1909년 6월 8일 〈신한국보〉기사에서 알 수 있듯이 '신명부인회'에서도 활약하였는데 이들은 일본이 대한제국을 강점할 것이라는 소식을 듣고 1909년 2월 19일, 자발적으로 모여 친일파인 송병준, 이완용과 일왕(日王) 등에게 전보를 보내기로 결정하고 기금을 모집하였다. 당시 돈으로 333달러를 모금하였는데(2017년 가격으로 7700달러 '한화 860만원') 기금을 낸 사람들의 명단 가운데 황마리아 지사도 있었다. (당시 신한국보 기사에는 신명부인회라는 여성단체 이름과, 홍해나, 림메불, 황마리아, 김재순 씨 부인 등 여성의 이름이 포함됨)

또한 1909년 12월부터 1910년 3월까지 총 4달 동안 하와이 한인들은 안중근 의사 재판경비를 위한 의연금을 모금하였는데 이때에는 1,595명이 참여하여 2,916달러 (2017년 가격 67,000 달러(한화 7,485만원)를 모을 정도로 하와이 동포들은 고국의 일이라면 아낌없이 주머니를 털어 지원했다.

이와 같이 황마리아 지사는 신명부인회, 대한인부인회, 대한부인구제회 등을 통해 조국의 광복에 평생을 바치다가 1937년 72살을 일기로 이국땅에서 조용히 눈을 감았다. 이러한 그의 나라사랑 실천을 두고 국가보훈처는 늦었지만 2017년 3월 건국훈장 애족장을 추서하였다.

그러나 이 보다 앞서 황마리아 지사 따님인 강혜원(1886~1982, 1995년 애국장)과 사위 김성권 (1875~1960, 2002년 애족장), 아들 강영승(1888~1987, 2016년 애국장), 며느리 강원신(1887~1977, 1995년 애족장) 등은 먼저 서훈을 받았다.

황마리아 지사가 딸과 사위, 며느리 보다 늦게 서훈을 받게 된 것은 하와이 여성독립운동가들의 활약이 그동안 조명되지 않고 있었다는 증거라고 본다. 앞으로 황마리아 지사 외에도 하와이에서 독립운동에 전력을 다한 여성들에 대한 조명이 하루 속히 이뤄져야 할 것이다.

2017년 3월 현재 하와이 지역 여성독립운동가 서훈자는 황마리아 지사를 포함하여 모두 6명인데 황마리아 지사(1865~1937, 2017년 애족장), 전수산(1894~1969, 2002년 건국포장), 박신애(1889~1979, 1997년 애족장), 이희경(1894~1947, 2002 건국포장), 강혜원(1886~1982, 황마리아 지사 딸로 나중에 미국 본토로 진출, 1995년 애국장), 심영신(1882~1975, 1997년 애국장) 지사가 그들이다.

황마리아 지사 따님 강혜원과 사위 김성권 지사
56만에 유해 돌아와 고국 품에 안기다

2017년 5월 31일, 대전국립현충원 애국지사 묘역 제5-138에 잠들어 계신 강혜원 지사를 찾아뵙고 왔다. 가뭄 속에 잠시 소나기 한줄기가 내린 뒤끝이라 현충원은 어느 때보다도 정갈한 느낌이었다.

이곳에는 하와이로 이민을 떠난 이래 대한부인구제회 등을 조직하여 적극적인 독립운동을 한 황마리아(1865~1937, 2017년 애족장)지사의 따님인 강혜원(1886~1982, 1995년 애국장)과 사위 김성권 (1875~1960, 2002년 애족장) 지사의 무덤이 있다.

강혜원, 김성권 부부 독립지사의 무덤은 지난 2016년 11월 16일, 미국 땅에 묻힌 지 56년만(아내 강혜원은 34년만)에 고국땅으로 돌아와 안장된 것이다. 강혜원 지사는 평양에서 아버지 강익보와 어머니 황마리아 사이에 2남 1녀 중 맏딸로 태어났다. 강 지사는 어머니와 남동생 강영승 등과 함께 1905년 5월 도릭 선편으로 하와이로 노동이민을 떠났다.

낯설고 물설은 이역땅 하와이에 도착한 강 지사의 나이는 19살이었다. 그는 가파올라 사탕농장과 에와 사탕농장에서 일하다가 1912년 미국 본토 샌프란시스코로 이주한 뒤 이듬해인 1913년 12월 9일 이대위 목사의 주례로 김성권 지사와 결혼하여 부부독립운동가의 길을 걷게 된다.

미본토로 건너간 강혜원 지사는 대한여자애국단을 창설하여 초대 총 단장으로 뽑힌 이래 동지들과 매월 3달러의 단비

(團費)를 모아 대한민국임시정부에 보내 외교·선전·군사활동을 지원하였다. 뿐만 아니라 조국에도 각종 구호금 명목으로 돈을 송금하는 등 민족운동 단체를 꾸준히 도왔다.

1930년 이후에는 로스앤젤레스로 이주하여 대한여자애국단의 사업과 흥사단·대한인국민회의 민족운동을 적극 도왔으며, 1940년에는 대한여자애국단 제8대 총단장으로 다시 뽑혀 임시정부와 국민회의 재정을 적극 돕는 한편, 미주 내 한인 동포 자녀들을 대상으로 민족교육을 실시하는 등 조국의 독립운동에 일평생을 바쳤다.

한편 강혜원 지사의 남편 김성권(金聲權, 1875~1960) 지사는 경북 경주 출신으로 1904년 하와이 사탕수수 농장 노동자로 건너가 오하우섬 에와(Ewa) 농장에서 일하였다. 이때 그는 1905년 5월 정원명·강영소·윤병구·김규섭·이만춘 등과 항일운동·일화배척(日貨排斥)·동족상애(同族相愛)를 목적으로 에와친목회를 만들고 1906년 5월부터 1년간 기관지 '친목회보(親睦會報)' 주필로 활약하며 한인들의 결속과 애국정신을 드높이는 데 온힘을 기울였다.

1908년 2월 병 치료차 미국 샌프란시스코로 이주한 김성권 지사는 안창호 등이 이끄는 공립협회(共立協會) 회원이 되었고, 1909년 2월에는 미주한인의 최고통일기관인 국민회(國民會)를 탄생시켰다. 1913년 12월 황마리아 지사의 따님인 강혜원 지사와 결혼한 뒤 중가주(中加州) 롬폭·다뉴바 등지에서 포도농장과 점포 서기 등으로 일하면서 독립운동자금을 모집하는 등 적극적인 독립운동에 뛰어들었다.

현재 황마리아 지사의 유해는 돌아오지 않았고 국립대전현충원에는 따님인 강혜원과 사위 김성권 지사의 무덤만 이장된 상태(2016년 11월 16일)다. 강혜원 지사가 고국 품으로 돌아와 안장된 애국지사 제 5-138 묘역은 근래에 새로 조성된 듯 작은 규모였는데 안내도를 들고 찾아 가기에 다소 어려움이 따랐다.

▲ 강혜원, 김성권 부부 무덤. 대전국립현충원 애국지사 묘역(5-138).
합장하지 않고 따로 모셔져 있다.

먼 이국땅에서 독립운동을 하다 숨진 애국지사 무덤에 뫼절 (참배)을 하고 내려오는 길에 들려오는 소쩍새 울음소리가 왠지 모르게 구슬펐다. 하지만 꿈에도 그리던 고국 땅으로 돌아온 두 분께서는 행복하실 것이라는 위안을 하며 명복을 빌었다.

참고문헌 (가나다순)

【책】

『간호사의 항일구국운동』 대한간호협회 편집부, 2012

『기전80년사』 전주기전여고, 1982

『김포항일독립운동사』 김진수, 김포문화원, 2005

『대한민국독립운동공훈사』 김후경·신재홍, 한국민족운동연구소, 1971

『대한민국독립유공인물록』 국가보훈처, 1997

『대한민국임시정부사』 이현희, 집문당, 1982

『대한여자애국단사』 신한민보사, 김운하, 1979

『독립운동사자료집』 7·8·9·10·11·14권, 독립운동사편찬위원회1973·1974·1983

『미주이민100년』 한국일보사 출판국, 민병용, 1986

『백범일지』 백범 김구 자서전, 김 구 저, 도진순 주해, 돌베개, 1997

『연미당의 愛國千秋』 편집자 연창흠, 애국지사 연병환·연병호선생선양사업회, 2013

『애국지사 연병환·연병호·연미당』 畫報集 편집자 연창흠 , 애국지사 연병환·연병호
선생선양사업회, 2016

『이승만의 하와이 30년』 Syngman Rhee's thirty years in Hawaii , 이덕희 , 연세대
학교 이승만연구원 교양총서, 북앤피플, 2015

『이화100년사』 이화100년사편찬위원회, 이화여자대학교, 1994

『日帝侵略史韓國36年史(國史編纂委員會)』 제5권~13권 독립운동사편찬위원회

『임정과 이동녕연구』 이현희, 일주각, 1989

『정신백년사』 , 정신백년사출판위원회, 1989

『朝鮮女性讀本 : 女性解放運動史』 崔華星, 百羽社, 1949

『재미한인오십년사』 캘리포니아, 김원용, 1959

『제시의 일기 : 어느 독립운동가 부부의 8년간의 일기』 양우조, 최선화, 혜윰, 1999

『평창의 별 리효덕 전도사』 홍우준 편, 한국기독교문화원, 1980

『하와이 대한인국민회 100년사』 이덕희, 연세대학교 대학출판문화원, 2013

『하와이 이민 100년 : 그들은 어떻게 살았나?』 이덕희, 중앙M&B, 2003

『한국근대여성사 : 1905~1945 조국을 찾기까지. 상, 중, 하』 최은희,
  최은희여기자상 관리위원회, 2003

『한국근대여성운동사연구』 박용옥, 한국정신문화연구원, 1984

『한국 기독교 여성운동의 역사』 1910년–1945년, 윤정란, 국학자료원, 2003

『韓國獨立運動史資料集』 趙素昻 篇, 韓國精神文化硏究院, 1996

『韓國獨立運動之血史』 朴殷植 著, 南晩星 譯, 瑞文堂, 1975

『한국여성독립운동사: 3·1운동 60주년 기념』 3·1여성동지회 문화부 편, 3·1여성동
  지회, 1980

【잡지와 논문】

〈간호부 이정숙의 독립운동〉 김숙영, 醫史學 제24권 제1호(통권 제49호), 2015. 4

〈간호부의 하소연〉 강계순, 『신여성』 1933. 2

〈대한독립운동 일주년 기념 축하 경고문의 실체〉 (상중하), 김홍주, 〈월간순국〉 통권
231호~233호, 2010년 4월~6월호

〈3·1 운동기 여성과 항일구국운동〉 박용옥, 월간순국 98호,1999.3

〈숨겨진 독립의 꽃들, 여전사로 거듭나다〉 심옥주, 글마루, 제76호, 2016. 12

〈朝鮮女子基督教節制運動에 관한 考察 : 孫袂禮·李孝德을 中心으로〉 유기순, 원
광대학교 논문집 제34호, 2005.2

〈제주 신여성의 저항을 탐닉하다 '고수선' '최정숙' '강평국' 〉, 심옥주, 글마루 제 69호
2016.5

〈이효덕과 절제운동〉 조선혜, 기독교세계 (통권 1021호), 2016. 6

〈일제강점기 서대문형무소 여수감자 현황과 특징〉 박경목, 한국근현대사연구, 제68
집, 2014년 봄

〈韓國女性의 抗日民族運動推進과 그 특성〉 박용옥, 아시아문화 12,1996.9

【신문】

〈김마리아보석- 백신영과 함께 보석, 이정숙도 족부에 병〉 동아일보 1920. 5. 26
〈김영순, 그 만행 그 진상 내가 겪은 일제침략을 증언한다(5), 마지막수업〉 동아일보 1982. 8. 5
〈내가 겪은 20세기 최금봉 여사, 우리는 총 대신 강인한 정신으로 싸웠노라 '최금봉'〉 경향신문 1973.10.25.
〈덕동부인회기념(德洞婦人會記念), 조충성 지사 기사, 동아일보 1925. 9. 9
〈대한애국부인회와 대한청년외교단의 판결언도, 김마리아는 3년 그 외에 이년, 일년으로, 대구 지방법원에서〉 매일신보 1920. 6.30
〈독립운동가 간호사 33인 발굴〉 간호신문 2009. 9.23
〈米人선교사의 가택 2층의 밀회-결사장을 포함한 신조직성립〉 매일신보 1919.12.19
〈백범 경호원 유평파 선생 부인 애국지사 송정헌 여사 별세〉 중앙일보 2010. 3.25
〈부부가 한마음 독립투쟁 : 유평파·송정헌〉 중앙일보 1990. 8.14
〈여자 절제회 조직, 이효덕 지사 기사〉 동아일보 1934. 11. 6
〈이효덕 씨 강연회〉 동아일보 1933. 5. 30
〈조선의 현황과 직업부인문제〉 동아일보 1925. 4.30
〈직업에 첫거름, 이봄에 총독부 의학전문학교를 졸업하는 이들 尹保明양과 고수선양〉 동아일보 1925.3.20
〈平壤의 大韓愛國婦人會控訴判決, 회장 安貞錫은 이년륙개월, 륙십오세의 吳信道는 일년〉 동아일보 1921.2.27

【인터넷】

공훈전자사료관 http://e-gonghun.mpva.go.kr
국사편찬위원회 한국사데이터베이스 http://db.history.go.kr
국회전자도서관 http://www.nanet.go.kr
독립운동관련 판결문:http://theme.archives.go.kr
민족문제연구소 http://www.minjok.or.kr
한국역대인물종합시스템 http://people.aks.ac.kr
한국위키피디어 http://ko.wikipedia.org

부록 1

이달의 독립운동가

1992년 1월 1일부터 ~ 2017년 12월까지

연도	1월	2월	3월	4월	5월	6월	7월	8월	9월	10월	11월	12월
1992	김상옥	편강렬	손병희	윤봉길	이상룡	지청천	이상재	서 일	신규식	이봉창	이회영	나석주
1993	최익현	조만식	황병길	노백린	조명하	윤세주	나 철	**남자현**	이인영	이장녕	정인보	오동진
1994	이원록	임병찬	한용운	양기탁	신팔균	백정기	이 준	양세봉	안 무	조성환	김학규	남궁억
1995	김지섭	최팔용	이종일	민필호	이진무	장진홍	전수용	김 구	차이석	이강년	이진룡	조병세
1996	송종익	신채호	신석구	서재필	신익희	유일한	김하락	박상진	홍 진	정인승	전명운	정이형
1997	노응규	양기하	박준승	송병조	김창숙	**김순애**	김영란	박승환	이남규	김약연	정태진	남정각
1998	신언준	민긍호	백용성	황병학	김인전	이원대	**김마리아**	안희제	장도빈	홍범도	신돌석	이윤재
1999	이의준	송계백	**유관순**	박은식	이범석	이은찬	주시경	김홍일	양우조	안중근	강우규	김동식
2000	유인석	노태준	김병조	이동녕	양진여	이종건	김한종	홍범식	오성술	이범윤	장태수	김규식
2001	기삼연	윤세복	이승훈	유림	안규홍	나창헌	김승학	**정정화**	심 훈	유 근	민영환	이재명
2002	곽재기	한 훈	이필주	김 혁	송학선	민종식	안재홍	남상덕	고이허	고광순	신 숙	장건상
2003	김 호	김중건	유여대	이시영	문일평	김경천	채기중	**권기옥**	김태원	기산도	오강표	최양옥
2004	허 위	김병로	오세창	이 강	**이애라**	문양목	권인규	홍학순	최재형	조시원	장지연	오의선
2005	**최용신**	최석순	김복한	이동휘	한성수	김동삼	채응언	안창호	조소앙	김좌진	황 현	이상설
2006	유자명	이승희	신홍식	엄항섭	**박차정**	곽종석	강진원	박 열	현익철	김 철	송병선	이명하
2007	임치정	김광제 서상돈	권동진	손정도	**조신성**	이위종	구춘선	정환직	박시창	권득수	주기철	윤동주
2008	양한묵	문태수	장인환	김성숙	박재혁	김원식	안공근	유동열	**윤희순**	유동하	남상목	박동완
2009	우재룡	김도연	홍병기	윤기섭	양근환	윤병구	**박자혜**	김찬익	이종희	안명근	장석천	계봉우
2010	방한민	김상덕	차희식	염온동	**오광심**	김익상	이광민	이중언	권 준	최현배	심남일	백일규
2011	신현구	강기동	이종훈	조완구	**어윤희**	조병준	홍 언	이범진	나태섭	김규식	문석봉	김종진
2012	이 갑	김석진	홍원식	김대지	**지복영**	김법린	여 준	이만도	김동수	이희승	이석용	현정권
2013	이민화	한상렬	양전백	김봉준	**차경신**	김원국 김원범	헐버트	강영소	황학수	이성구	노병대	원심창
2014	김도현	구연영	전덕기	연병호	**방순희**	백초월	최중호	베 델	나월환	한 징	이경채	오면직
2015	황상규	이수흥	박인호	죠ㄹ애쓰	**안경신**	류인식	송헌주	연기우	이준식	이 탁	이 설	문창범
2016	조희제	한시대	스코필드	오영선	문창학	안승우	**이신애**	채광묵 채규대	나중소	나운규	이한응	최수봉
2017	이소응	이태준	권병덕	이상정	방정환	장덕준	**조마리아**	김수만	고운기	채상덕	이근주	김치보

*밑줄 그은 고딕 글씨는 여성독립운동가임

여성 서훈자 독립운동가 292명
2017년 3월 1일 현재

이름	한자	태어난날	숨진날	서훈일	훈격	독립운동계열
강원신	康元信	1887	1977	1995	애족장	미주방면
강주룡	姜周龍	1901	1932. 6.13	2007	애족장	국내항일
강혜원	康蕙園	1885.12.21	1982. 5.31	1995	애국장	미주방면
고수복	高壽福	(1911)	1933.7.28	2010	애족장	국내항일
고수선	高守善	1898. 8. 8	1989.8.11	1990	애족장	임시정부
고순례	高順禮	1930:19세	모름	1995	건국포장	학생운동
공백순	孔佰順	1919. 2. 4	1998.10.27	1998	건국포장	미주방면
곽낙원	郭樂園	1859. 2.26	1939. 4.26	1992	애국장	중국방면
곽진근	郭鎭根	1861	모름	1995	대통령표창	3 · 1운동
곽희주	郭喜主	1902.10.2	모름	2012	대통령표창	학생운동
구순화	具順和	1896. 7.10	1989. 7.31	1990	애족장	3 · 1운동
권기옥	權基玉	1901. 1.11	1988.4.19	1977	독립장	중국방면
권애라	權愛羅	1897. 2. 2	1973. 9.26	1990	애국장	3 · 1운동
권영복	權永福	1878.2.28	모름	2015	건국포장	미주방면
김경순	金敬順	1900.5.3	모름	2016	대통령표창	3 · 1운동
김경희	金慶喜	1919:31세	1919. 9.19	1995	애국장	국내항일
김공순	金恭順	1901. 8. 5	1988. 2. 4	1995	대통령표창	3 · 1운동
김귀남	金貴南	1904.11.17	1990. 1.13	1995	대통령표창	학생운동
김귀선	金貴先	1923.12.19	2005.1.26	1993	건국포장	학생운동
김금연	金錦연	1911.8.16	2000.11.4	1995	건국포장	학생운동
김나열	金羅烈	1907.4.16	2003.11.1	2012	대통령표창	학생운동
김나현	金羅賢	1902.3.23	1989.5.11	2005	대통령표창	3 · 1운동
김낙희	모름	모름	모름	2016	건국포장	미주방면

이름	한자	태어난날	숨진날	서훈일	훈격	독립운동계열
김난줄	金蘭茁	1904.6.1	1983.7.15	2015	대통령표창	3·1운동
김덕세	金德世	1894.12.28	1977.5.5	2014	대통령표창	미주방면
김덕순	金德順	1901.8.8	1984.6.9	2008	대통령표창	3·1운동
김도연	金道演	1894.9.24	모름	2016	건국포장	미주방면
김독실	金篤實	1897. 9.24	모름	2007	대통령표창	3·1운동
김두석	金斗石	1915.11.17	2004.1.7	1990	애족장	문화운동
김락	金洛	1863. 1.21	1929. 2.12	2001	애족장	3·1운동
김마리아	金마利亞	1903.9.5	모름	1990	애국장	만주방면
김마리아	金瑪利亞	1892.6.18	1944.3.13	1962	독립장	국내항일
김반수	金班守	1904. 9.19	2001.12.22	1992	대통령표창	3·1운동
김병인	金秉仁	1915.6.2	2012	2017	애족장	중국방면
김복선	金福善	1901.7.27	모름	2015	대통령표창	3·1운동
김봉식	金鳳植	1915.10. 9	1969. 4.23	1990	애족장	광복군
김봉애	金奉愛	1911.11.18	모름	2015	대통령표창	3·1운동
김성심	金誠心	1883	모름	2013	애족장	국내항일
김성일	金聖日	1898.2.17	(1961년)	2010	대통령표창	3·1운동
김수현	金秀賢	1898.6.9	1985.3.25	2017	애족장	중국방면
김숙경	金淑卿	1886. 6.20	1930. 7.27	1995	애족장	만주방면
김숙영	金淑英	1920. 5.22	2005.12.13	1990	애족장	광복군
김순도	金順道	1921:21세	1928년	1995	애족장	중국방면
김순애	金淳愛	1889. 5.12	1976. 5.17	1977	독립장	임시정부
김순이	金順伊	1903.7.18	모름	2014	애국장	3·1운동
김신희	金信熙	1899.4.16	1993.4.23	2010	대통령표창	3·1운동
김씨	金氏	1899년	1919. 4.15	1991	애족장	3·1운동
김씨	金氏	모름	1919. 4.15	1991	애족장	3·1운동
김안순	金安淳	1900.3.24	1979.4.4	2011	대통령표창	3·1운동
김알렉산드라	金알렉산드라	1885.2.22	1918.9.16	2009	애국장	노령방면
김애련	金愛蓮	1902. 8.30	1996.11.5	1992	대통령표창	3·1운동
김연실	金蓮實	1898.1.16	모름	2015	건국포장	미주방면
김영순	金英順	1892.12.17	1986.3.17	1990	애족장	국내항일

이름	한자	태어난날	숨진날	서훈일	훈격	독립운동계열
김영실	金英實	모름	1945.10	1990	애족장	광복군
김옥련	金玉連	1907. 9. 2	2005.9.4	2003	건국포장	국내항일
김옥선	金玉仙	1923.12. 7	1996.4.25	1995	애족장	광복군
김옥실	金玉實	1906.11.18	1926.6.2	2012	대통령표창	학생운동
김옥연	金玉連	1907.9.2	2005.9.4	2003	건국포장	국내항일
김온순	金溫順	1898	1968.1.31	1990	애족장	만주방면
김용복	金用福	1890	모름	2013	애족장	국내항일
김원경	金元慶	1898	1981.11.23	1963	대통령표창	임시정부
김윤경	金允經	1911. 6.23	1945.10.10	1990	애족장	임시정부
김응수	金應守	1901. 1.21	1979. 8.18	1995	대통령표창	3 · 1운동
김인애	金仁愛	1898.3.6	1970.11.20	2009	대통령표창	3 · 1운동
김자혜	金慈惠	1884.9.22	1961.11.22	2014	건국포장	미주방면
김점순	金点順	1861. 4.28	1941. 4.30	1995	대통령표창	국내항일
김정숙	金貞淑	1916. 1.25	2012.7.4	1990	애국장	광복군
김정옥	金貞玉	1920. 5. 2	1997.6.7	1995	애족장	광복군
김조이	金祚伊	1904.7.5	모름	2008	건국포장	국내항일
김종진	金鍾振	1903. 1.13	1962. 3.11	2001	애족장	3 · 1운동
김죽산	金竹山	1891	모름	2013	대통령표창	만주방면
김치현	金致鉉	1897.10.10	1942.10. 9	2002	애족장	국내항일
김태복	金泰福	1886년	1933.11.24	2010	건국포장	국내항일
김필수	金必壽	1905.4.21	(1972.11.23)	2010	애족장	국내항일
김해중월	金海中月	모름	모름	2015	대통령표창	3 · 1운동
김향화	金香花	1897.7.16	모름	2009	대통령표창	3 · 1운동
김현경	金賢敬	1897. 6.20	1986.8.15	1998	건국포장	3 · 1운동
김화순	金華順	1894.9.21	모름	2016	대통령표창	3 · 1운동
김화용	金花容	모름	모름	2015	대통령표창	3 · 1운동
김홍식	金弘植	1908.4.19	모름	2014	애족장	국내항일
김효숙	金孝淑	1915. 2.11	2003.3.24	1990	애국장	광복군
김효순	金孝順	1902.7.23	모름	2015	대통령표창	3 · 1운동
나은주	羅恩周	1890. 2.17	1978. 1. 4	1990	애족장	3 · 1운동

이름	한자	태어난날	숨진날	서훈일	훈격	독립운동계열
남자현	南慈賢	1872.12.7	1933.8.22	1962	대통령장	만주방면
남협협	南俠俠	1913	모름	2013	대통령표창	학생운동
노순경	盧順敬	1902.11.10	1979. 3. 5	1995	대통령표창	3 · 1운동
노영재	盧英哉	1895. 7.10	1991.11.10	1990	애국장	중국방면
노예달	盧禮達	1900.10.12	모름	2014	대통령표창	3 · 1운동
동풍신	董豊信	1904	1921	1991	애국장	3 · 1운동
두쥔훼이	杜君慧	1904	1981	2016	애족장	독립운동지원
문복금	文卜今	1905.12.13	1937. 5.22	1993	건국포장	학생운동
문응순	文應淳	1900.12.4	모름	2010	건국포장	3 · 1운동
문재민	文載敏	1903. 7.14	1925.12.	1998	애족장	3 · 1운동
미네르바구타펠	M.L.Guthapfel	1873	1942	2015	건국포장	미주방면
민영숙	閔泳淑	1920.12.27	1989.03.17	1990	애국장	광복군
민영주	閔泳珠	1923.8.15	생존	1990	애국장	광복군
민옥금	閔玉錦	1905. 9. 5	1988.12.25	1990	애족장	3 · 1운동
박계남	朴繼男	1910. 4.25	1980. 4.27	1993	건국포장	학생운동
박금녀	朴金女	1926.10.21	1992.7.28	1990	애족장	광복군
박기은	朴基恩	1925. 6.15	2017.1.7	1990	애족장	광복군
박복술	朴福述	1903.8.30	모름	2012	대통령표창	학생운동
박성순	朴聖淳	1901.4.12	모름	2016	대통령표창	3 · 1운동
박순애	朴順愛	1900.2.2	모름	2014	대통령표창	3 · 1운동
박승일	朴昇一	1896.9.19	모름	2013	애족장	국내항일
박신애	朴信愛	1889. 6.21	1979. 4.27	1997	애족장	미주방면
박신원	朴信元	1872년	1946. 5.21	1997	건국포장	만주방면
박애순	朴愛順	1896.12.23	1969. 6.12	1990	애족장	3 · 1운동
박연이	朴連伊	1900.2.20	1945.4.7	2015	대통령표창	3 · 1운동
박옥련	朴玉連	1914.12.12	2004.11.21	1990	애족장	학생운동
박우말례	朴又末禮	1902. 3.13	1986.12.7	2011	대통령표창	3 · 1운동
박원경	朴源炅	1901.8.19	1983.8.5	2008	애족장	3 · 1운동
박원희	朴元熙	1898.3.10	1928.1.5	2000	애족장	국내항일
박음전	朴陰田	1907.4.14	모름	2012	대통령표창	학생운동

이름	한자	태어난날	숨진날	서훈일	훈격	독립운동계열
박자선	朴慈善	1880.10.27	모름	2010	애족장	3·1운동
박자혜	朴慈惠	1895.12.11	1944.10.16	1990	애족장	국내항일
박재복	朴在福	1918.1.28	1998.7.18	2006	애족장	국내항일
박정선	朴貞善	1874	모름	2007	애족장	국내항일
박정수	朴貞守	1901.3.8	모름	2015	대통령표창	3·1운동
박차정	朴次貞	1910. 5. 7	1944. 5.27	1995	독립장	중국방면
박채희	朴采熙	1913.7.5	1947.12.1	2013	건국포장	학생운동
박치은	朴致恩	1886. 6.17	1954.12. 4	1990	애족장	국내항일
박현숙	朴賢淑	1896	1980.12.31	1990	애국장	국내항일
박현숙	朴賢淑	1914.3.28	1981.1.23	1990	애족장	학생운동
방순희	方順熙	1904.1.30	1979.5.4	1963	독립장	임시정부
백신영	白信永	모름	모름	1990	애족장	국내항일
백옥순	白玉順	1911. 7. 3	2008.5.24	1990	애족장	광복군
부덕량	夫德良	1911.11.5	1939.10.4	2005	건국포장	국내항일
부춘화	夫春花	1908. 4. 6	1995. 2.24	2003	건국포장	국내항일
송금희	宋錦姬	모름	모름	2015	대통령표창	3·1운동
송명진	宋明進	1902.1.28	모름	2015	대통령표창	3·1운동
송미령	宋美齡	1899	2003	1966	대한민국장	임시정부지원
송수은	宋受恩	1882	모름	2013	대통령표창	국내항일
송영집	宋永潗	1910. 4. 1	1984.5.14	1990	애국장	광복군
송정헌	宋靜軒	1920.6.17	2010.3.22	1990	애족장	중국방면
신경애	申敬愛	1907.9.22	1964.5.13	2008	건국포장	국내항일
신관빈	申寬彬	1885.10.4	모름	2011	애족장	3·1운동
신마실라	申麻實羅	1892.2.18	1965.4.1	2015	대통령표창	미주방면
신분금	申分今	1886.5.21	모름	2007	대통령표창	3·1운동
신순호	申順浩	1922. 1.22	2009.7.30	1990	애국장	광복군
신의경	辛義敬	1898. 2.21	1997.8.11	1990	애족장	국내항일
신정균	申貞均	1899년	1931.7월	2007	건국포장	국내항일
신정숙	申貞淑	1910. 5.12	1997.7.8	1990	애국장	광복군
신정완	申貞婉	1917. 3. 6	2001.4.29	1990	애국장	임시정부

이름	한자	태어난날	숨진날	서훈일	훈격	독립운동계열
신특실	申特實	1900.3.17	모름	2014	건국포장	3·1운동
심계월	沈桂月	1916.1.6	모름	2010	애족장	국내항일
심순의	沈順義	1903.11.13	모름	1992	대통령표창	3·1운동
심영식	沈永植	1896. 7.15	1983.11. 7	1990	애족장	3·1운동
심영신	沈永信	1882. 7.20	1975. 2.16	1997	애국장	미주방면
안경신	安敬信	1877	모름	1962	독립장	만주방면
안애자	安愛慈	(1869년)	모름	2006	애족장	국내항일
안영희	安英姬	1925. 1. 4	1999.8.27	1990	애국장	광복군
안정석	安貞錫	1883.9.13	미상	1990	애족장	국내항일
양방매	梁芳梅	1890.8.18	1986.11.15	2005	건국포장	의병
양순희	梁順喜	1901.9.9.	모름	2016	대통령표창	3·1운동
양제현	梁齊賢	1892	1959.6.15	2015	애족장	미주방면
양진실	梁眞實	1875년	1924.5월	2012	애족장	국내항일
어윤희	魚允姬	1880. 6.20	1961.11.18	1995	애족장	3·1운동
엄기선	嚴基善	1929. 1.21	2002.12.9	1993	건국포장	중국방면
연미당	延薇堂	1908. 7.15	1981. 1. 1	1990	애국장	중국방면
오건해	吳健海	1894.2.29	1963.12.25	2017	애족장	
오광심	吳光心	1910. 3.15	1976. 4. 7	1977	독립장	광복군
오신도	吳信道	(1857년)	(1933.9.5)	2006	애족장	국내항일
오영선	吳英善	1887.4.29	1961.2.8	2016	애족장	중국방면
오정화	吳貞嬅	1899. 1.25	1974.11. 1	2001	대통령표창	3·1운동
오항선	吳恒善	1910.10. 3	2006.8.5	1990	애국장	만주방면
오희영	吳姬英	1924.4.23	1969.2.17	1990	애족장	광복군
오희옥	吳姬玉	1926. 5. 7	생존	1990	애족장	중국방면
옥운경	玉雲瓊	1904.6.24	모름	2010	대통령표창	3·1운동
왕경애	王敬愛	(1863년)	모름	2006	대통령표창	3·1운동
유관순	柳寬順	1902.11.17	1920.10.12	1962	독립장	3·1운동
유순희	劉順姬	1926. 7.15	생존	1995	애족장	광복군
유예도	柳禮道	1896. 8.15	1989.3.25	1990	애족장	3·1운동
유인경	俞仁卿	1896.10.20	1944.3.2	1990	애족장	국내항일

이름	한자	태어난날	숨진날	서훈일	훈격	독립운동계열
유점선	劉點善	1903.11.5	모름	2014	대통령표창	3·1운동
윤경열	尹敬烈	1918.2.28	1980.2.7	1982	대통령표창	광복군
윤선녀	尹仙女	1911. 4.18	1994.12.6	1990	애족장	국내항일
윤악이	尹岳伊	1897.4.17	1962.2.26	2007	대통령표창	3·1운동
윤용자	尹龍慈	1890.4.30	1964.2.3	2017	애족장	중국방면
윤찬복	尹贊福	1868.1.5	1946.6.19	1990	애족장	국내항일
윤천녀	尹天女	1908. 5.29	1967. 6.25	1990	애족장	학생운동
윤형숙	尹亨淑	1900.9.13	1950. 9.28	2004	건국포장	3·1운동
윤희순	尹熙順	1860	1935. 8. 1	1990	애족장	의병
이겸양	李謙良	1895.10.24	모름	2013	애족장	국내항일
이광춘	李光春	1914.9.8	2010.4.12	1996	건국포장	학생운동
이국영	李國英	1921. 1.25	1956. 2. 2	1990	애족장	임시정부
이금복	李今福	1912.11.8	2010.4.25	2008	대통령표창	국내항일
이남순	李南順	1904.12.30	모름	2012	대통령표창	학생운동
이명시	李明施	1902.2.2	1974.7.7	2010	대통령표창	3·1운동
이벽도	李碧桃	1903.10.14	모름	2010	대통령표창	3·1운동
이병희	李丙禧	1918.1.14	2012.8.2	1996	애족장	국내항일
이살눔 (이경덕)	李살눔	1886. 8. 7	1948. 8.13	1992	대통령표창	3·1운동
이석담	李石潭	1859	1930. 5.26	1991	애족장	국내항일
이선경	李善卿	1902.5.25	1921.4.21	2012	애국장	국내항일
이성례	李聖禮	1884	1963	2015	건국포장	미주방면
이성완	李誠完	1900.12.10	모름	1990	애족장	국내항일
이소선	李小先	1900.9.9	모름	2008	대통령표창	3·1운동
이소제	李少悌	1875.11. 7	1919. 4. 1	1991	애국장	3·1운동
이소희	李昭姬	1886	모름	2016	대통령표창	3·1운동
이숙진	李淑珍	1900.9.24	모름	2017	애족장	중국방면
이순승	李順承	1902.11.12	1994.1.15	1990	애족장	중국방면
이신애	李信愛	1891	1982.9.27	1963	독립장	국내항일
이아수	李娥洙	1898. 7.16	1968. 9.11	2005	대통령표창	3·1운동
이애라	李愛羅	1894	1922.9.4	1962	독립장	만주방면

이름	한자	태어난날	숨진날	서훈일	훈격	독립운동계열
이옥진	李玉珍	1923.10.18	모름	1968	대통령표창	광복군
이월봉	李月峰	1915.2.15	1977.10.28	1990	애족장	광복군
이의순	李義橓	1895	1945. 5. 8	1995	애국장	중국방면
이인순	李仁橓	1893년	1919.11월	1995	애족장	만주방면
이정숙	李貞淑	1898	1950.7.22	1990	애족장	국내항일
이태옥	李泰玉	1902.10.15	모름	2016	대통령표창	3·1운동
이헌경	李憲卿	1870	1956.1.30	2017	애족장	중국방면
이혜경	李惠卿	1889	1968.2.10	1990	애족장	국내항일
이혜련	李惠鍊	1884.4.21	1969.4.21	2008	애족장	미주방면
이혜수	李惠受	1891. 1. 2	1961. 2. 7	1990	애국장	의열투쟁
이화숙	李華淑	1893년	1978년	1995	애족장	임시정부
이효덕	李孝德	1895.1.24	1978.9.15	1992	대통령표창	3·1운동
이효정	李孝貞	1913.7.18	2010.8.14	2006	건국포장	국내항일
이희경	李희경	1894. 1. 8	1947. 6.26	2002	건국포장	미주방면
임경애	林敬愛	1911.3.10	2004.2.12	2014	대통령표창	학생운동
임메불	林메불	1886	모름	2016	애족장	미주방면
임명애	林明愛	1886.3.25	1938.8.28	1990	애족장	3·1운동
임봉선	林鳳善	1897.10.10	1923. 2.10	1990	애족장	3·1운동
임성실	林成實	1883	모름	2015	건국포장	미주방면
임소녀	林少女	1908. 9.24	1971.7.9	1990	애족장	광복군
임수명	任壽命	1894.2.15	1924.11.2	1990	애국장	의열투쟁
임진실	林眞實	1899.8.1	모름	2015	대통령표창	3·1운동
장경례	張慶禮	1913. 4. 6	1998.2.19	1990	애족장	학생운동
장경숙	張京淑	1903. 5.13	모름	1990	애족장	광복군
장매성	張梅性	1911	1993.12.14	1990	애족장	학생운동
장선희	張善禧	1894. 2.19	1970. 8.28	1990	애족장	국내항일
장태화	張泰嬅	1878	모름	2013	애족장	만주방면
전수산	田壽山	1894. 5.23	1969. 6.19	2002	건국포장	미주방면
전월순	全月順	1923. 2. 6	2009.5.25	1990	애족장	광복군
전창신	全昌信	1900. 1.24	1985. 3.15	1992	대통령표창	3·1운동

이름	한자	태어난날	숨진날	서훈일	훈격	독립운동계열
전흥순	田興順	모름	모름	1963	대통령표창	광복군
정막래	丁莫來	1899.9.8	1976.12.24	2008	대통령표창	3 · 1운동
정수현	鄭壽賢	1887	모름	2016	대통령표창	국내항일
정영	鄭瑛	1922.10.11	2009.5.24	1990	애족장	중국방면
정영순	鄭英淳	1921. 9.15	2002.12.9	1990	애족장	광복군
정정화	鄭靖和	1900. 8. 3	1991.11.2	1990	애족장	중국방면
정찬성	鄭燦成	1886. 4.23	1951. 7.	1995	애족장	국내항일
정현숙	鄭賢淑	1900. 3.13	1992. 8. 3	1995	애족장	중국방면
조계림	趙桂林	1925.10.10	1965. 7.14	1996	애족장	임시정부
조마리아	趙마리아	모름	1927.7.15	2008	애족장	중국방면
조순옥	趙順玉	1923. 9.17	1973. 4.23	1990	애국장	광복군
조신성	趙信聖	1873	1953. 5. 5	1991	애국장	국내항일
조애실	趙愛實	1920.11.17	1998.1.7	1990	애족장	국내항일
조옥희	曺玉姬	1901. 3.15	1971.11.30	2003	대통령표창	3 · 1운동
조용제	趙鏞濟	1898. 9.14	1947. 3.10	1990	애족장	중국방면
조인애	曺仁愛	1883.11. 6	1961. 8. 1	1992	대통령표창	3 · 1운동
조충성	曺忠誠	1895.5.29	1981.10.25	2005	대통령표창	3 · 1운동
조화벽	趙和璧	1895.10.17	1975. 9. 3	1990	애족장	3 · 1운동
주세죽	朱世竹	1899.6.7	(1950년)	2007	애족장	국내항일
주순이	朱順伊	1900.6.17	1975.4.5	2009	대통령표창	국내항일
주유금	朱有今	1905.5.6	모름	2012	대통령표창	학생운동
지복영	池復榮	1920. 4.11	2007.4.18	1990	애국장	광복군
진신애	陳信愛	1900. 7. 3	1930. 2.23	1990	애족장	3 · 1운동
차경신	車敬信	모름	1978.9.28	1993	애국장	만주방면
차미리사	車美理士	1880. 8.21	1955. 6. 1	2002	애족장	국내항일
차보석	車寶錫	1892	1932.3.21	2016	애족장	미주방면
채애요라(채혜수)	蔡愛堯羅	1897.11.9	1978.12.17	2008	대통령표창	3 · 1운동
최갑순	崔甲順	1898. 5.11	1990.11.22	1990	애족장	국내항일
최금봉	崔錦鳳	1896. 5. 6	1983.11.7	1990	애국장	국내항일
최복순	崔福順	1911.1.13	모름	2014	대통령표창	학생운동

이름	한자	태어난날	숨진날	서훈일	훈격	독립운동계열
최봉선	崔鳳善	1904. 8.10	1996.3.8	1992	애족장	국내항일
최서경	崔曙卿	1902. 3.20	1955. 7.16	1995	애족장	임시정부
최선화	崔善嬅	1911. 6.20	2003.4.19	1991	애국장	임시정부
최수향	崔秀香	1903. 1.27	1984. 7.25	1990	애족장	3·1운동
최순덕	崔順德	1920;23세	1926. 8.25	1995	애족장	국내항일
최예근	崔禮根	1924. 8.17	2011.10.5	1990	애족장	만주방면
최요한나	崔堯漢羅	1900.8.3	1950.8.6	1999	대통령표창	3·1운동
최용신	崔容信	1909. 8.	1935. 1.23	1995	애족장	국내항일
최은희	崔恩喜	1904.11.21	1984. 8.17	1992	애족장	3·1운동
최이옥	崔伊玉	1926. 6.16	1990.7.12	1990	애족장	광복군
최정숙	崔貞淑	1902. 2.10	1977. 2.22	1993	대통령표창	3·1운동
최정철	崔貞徹	1853. 6.26	1919.4.1	1995	애국장	3·1운동
최형록	崔亨祿	1895. 2.20	1968. 2.18	1996	애족장	임시정부
최혜순	崔惠淳	1900.9.2	1976.1.16	2010	애족장	임시정부
하란사(김란사)	河蘭史	1875년	1919. 4.10	1995	애족장	국내항일
한성선	韓成善	1864.4.29	모름	2015	애족장	미주방면
하영자	河永子	1903. 6.27	1993.10. 1	1996	대통령표창	3·1운동
한영신	韓永信	1887. 7.22	1969.2.20	1995	애족장	국내항일
한영애	韓永愛	1920.9.9	모름	1990	애족장	광복군
한이순	韓二順	1906.11.14	1980. 1.31	1990	애족장	3·1운동
함연춘	咸鍊春	1901.4.8	1974.5.25	2010	대통령표창	3·1운동
함용환	咸用煥	1895.3.10	모름	2014	애족장	국내항일
홍순남	洪順南	1902.6.13	모름	2016	대통령표창	3·1운동
홍씨	韓鳳周 妻	모름	1919. 3. 3	2002	애국장	3·1운동
홍애시덕	洪愛施德	1892. 3.20	1975.10.8	1990	애족장	국내항일
황금순	黃金順	1902.10.15	1964.10.20	2015	애족장	3·1운동
황마리아	黃마리아	1865	1937.8.5	2017	애족장	미주방면
황보옥	黃寶玉	(1872년)	모름	2012	대통령표창	국내항일
황애시덕	黃愛施德	1892. 4.19	1971. 8.24	1990	애국장	국내항일

제2회 도쿄 고려박물관
〈항일여성독립운동가 시화전과 강연회〉 성황리에 마쳐

2016년 11월 2일부터 2017년 1월 29일까지 3개월 동안 도쿄 한복판 신오쿠보 코리아타운에 자리한 도쿄 고려박물관에서 항일여성독립운동가 시화전(한국화가 이무성 그림)과 글쓴이의 강연회가 있었다. 올해로 2회째 맞이하는 도쿄 시화전과 강연은 양심있는 일본인들에게 한국의 항일여성독립운동가를 알리는 뜻 깊은 자리였다. 다음은 강연회에 대한 신한국문화신문 2017년 1월 15일 취재기사이다. 전문을 싣는다.

[신한국문화신문 = 도쿄 김영조 기자] "강연을 듣고 나서 관람객들이 그림을 대하는 모습이 더욱 진지했습니다. '백문이불여일견' 이라는 말이 실감나듯 강연에 참석한 사람들은 전시된 그림에서 눈을 떼지 못하더라고요. 아쉬운 것은 이번 특별강연 날짜를 전시 막바지에 갖게 된 점입니다. 좀 더 일찍 강연날짜를 잡았더라면 더욱 좋았을 텐데..."

이는 어제(14일) 오후 2시, 도쿄 고려박물관에서 열린 "침략에 저항한 불굴의 조선여성들(侵略に抗う不屈の朝鮮女性たち)"에 관한 이윤옥 시인의 특강이 있은 뒤 주최 측인 고려박물관 회원들과의 뒤풀이 자리에서 나온 말이었다.

정말 통쾌한 강연이었다. 일제강점기 조선여성들의 불굴의 의지를 유창한 일본어로 유감없이 낱낱이 밝힌 이날 강연은 고려박물관 7층 전시실을 가득 메운 청중들과 2시부터 5시까지 무려 3시간 동안 중간 휴식 없이 진행되었다. 다소 긴 3시간이었지만 한국의 항일여성독립운동

가에 대한 거침없는 이윤옥 시인의 열띤 강연에 청중들은 꼼짝도 하지
않고 숨을 죽이며 경청했다.

▲ 항일여성운동가에 대해 열강하는 이윤옥 시인

한국의 여성독립운동가에 대한 이야기를 경청한 청중들은 자연스레 일
제침략의 역사를 새삼 상기한 듯 질의응답 시간에는 20여 명이 다투
어 "일제침략기에 대한" 질문들을 봇물 터지듯 쏟아냈고 이윤옥 시인은
기다렸다는 듯 유머를 곁들인 명쾌한 답변으로 청중들로부터 뜨거운
손뼉을 받았다. 특히 일본인 청중들에겐 무거운 주제였을 듯 했지만 간
간이 터지는 폭소와 함께 우레와 같은 손뼉은 그들이 이 강연을 얼마
나 감동을 받고 침통한 마음으로 받아들이는지 여실히 드러내 주었다.

지난 해 11월 3일부터 올해 1월 29일까지 도쿄 고려박물관에서 전시되
고 있는 이윤옥 시인의 시에 이무성 화백이 그린 30점의 "침략에 저항
한 불굴의 조선여성들(侵略に抗う不屈の朝鮮女性たち)−시와 그림으로
엮는 독립운동의 여성들(2) (詩と畵でつづる獨立運動の女性たち(2)−"

184

시화 작품을 중심으로 작품 속에 등장하는 여성독립운동가에 대한 이번 강연은 한국내에서의 독립운동과 해외에서의 활동이라는 두 축으로 엮어냈다.

▲ 전시실을 가득 메운 청중들이 꼼짝 않고 강연을 듣고 있다.

▲ 항일여성독립운동가 강연에 큰 손뼉으로 화답하는 청중들, 벽에는 항일여성독립운가 시화가 전시돼 있다.

이윤옥 시인은 특히 학생, 기생, 해녀 그리고 광복군의 활동에 대해 구체적인 사례를 들어가면서 당시 목숨을 걸고 독립운동을 한 여성들에 대한 열띤 강연으로 전시장은 뜨거운 열기를 더했다. 90여명의 청중들로 가득한 강연장은 3년 전 제1회 전시회 특강시의 160여명에 견주면 다소 적은 인원이었지만 그 열기만은 3년 전을 뛰어 넘었다.

특히 이번 강연에서는 질의응답 시간을 지난 특강 때보다 길게 가졌는데 청중들은 일본의 교과서에서 배우지 못한 '평생 보고 듣도 못한 한국의 여성독립운동가'들에 대해 경의를 표했다. 아울러 이들 여성독립운동가를 알리는 작업을 지속하고 있는 이윤옥 시인과 이무성 화백에 대한 '노고'에 커다란 손뼉으로 끊임없이 존경을 보냈다.

"한국 사회의 여성독립운동가에 대한 관심은 어느 정도입니까?"
"남북 사이에서는 여성독립운동가에 대한 정보교환이나 공동연구가 진행되고 있습니까?"
"광복 후, 여성독립운동가들의 삶은 어땠습니까?"
"앞으로 여성독립운동가를 알리기 위한 구체적인 계획은 무엇입니까"
"태극기는 독립운동에서 어떤 의미를 갖고 있습니까?"

쉴 새 없이 쏟아진 질문에 이윤옥 시인은 마침 기다렸다는 듯 명쾌하고 때론 유머스러운 답변을 해 청중들을 압도하는 분위기였다.

▲ 강연 뒤 질문을 하는 청중

"현재 120명의 여성독립운동가를 알리는 시집『서간도에 들꽃 피다』를 6권 째 냈으나 앞으로 200명을 소개하는 것을 목표로 뛰고 있습니다. 또 이번 전시회에는 모두 30점의 작품을 선보였지만 3·1만세운동 100주년이 되는 해에는 200명을 모두 그린 작품을 가지고 일본에서 다시 전시하고 싶습니다." 라고 이윤옥 시인은 향후 여성독립운동가에 대한 일본내에서의 전시 포부를 말했다.

이날 특별 강연회는 교토에서 활약하고 있는 재일본한국문인협회 회장인 김리박 시인을 비롯한 문학계 인사와 일조협회군마현지부(日朝協會群馬縣支部)의 후지와라 레이코(藤原麗子)씨, 조선통신사의 정신을 현대에 살리는 모임인 가와고에 국제교류퍼레이드(川越唐人パレード) 실행위원회 사무국장인 오가와 미츠루(小川滿) 씨 등 많은 도쿄 외 지역 인사들도 참여해 한국의 여성독립운동가에 대한 뜨거운 관심을 보였다.

"일제국주의가 저지른 조선침략에 한국의 여성독립운동가들이 목숨을 바치며 독립운동을 했다는 사실을 오늘 처음 알았습니다. 너무나 부끄럽습니다. 앞으로 여성독립운동가들에 대한 공부를 열심히 하고 싶습니다." 라고 가와사키에서 강연을 들으러 온 이토 노리코(伊藤典子)씨는 말했다.

▲ 인사말을 하는 고려박물관 하라다 교코 이사장

혐한시위와 소녀상 갈등으로 최근 한일 사이 불편한 관계가 이어지는 가운데서도 이번 이윤옥 시인의 특강에 양심있는 일본 시민들은 일제의 조선침략에 저항하여 불굴의 투지로 목숨을 건 투쟁을 한 여성독립운동가에 대해 경의를 표했다. 침략의 역사를 아는 것, 이해하는 것이 야말로 한일 관계의 '더욱 발전된 내일에의 첫걸음'이라는 인식을 심어준 강연이었다고 참석자들은 입을 모았다.

제2회 도쿄 고려박물관
〈항일여성독립운동가 전시 작품 30점〉
그림 한국화가 이무성

고수복, 김귀남, 김나열, 김락, 김마리아, 김숙경, 김알렉산드라, 김영순, 김옥련, 김온순, 김인애,김점순, 김필수, 문재민, 방순희,박애순, 신정숙, 오정화, 옥운경, 양방매, 이의순, 임봉선, 유관순, 장매성, 전월순, 정현숙, 조화벽, 채혜수, 최갑순, 한이순

일본 도쿄 고려박물관은 어떤 곳인가?

"일본과 코리아(남한과 북한을 함께 부르는 말)의 역사, 문화를 배우고 이해하며 풍신수길의 두 번에 걸친 침략과 근대 식민지 지배의 과오를 반성하고 재일 코리안의 생활과 권리 확립, 그리고 재일 코리안의 고유한 역사와 문화를 전하기 위해 고려박물관을 설립하였다." 고 고려박물관 사람들은 설립 취지를 말하고 있다. 고려박물관을 세운 사람들은 약 80%가 일본인이며 20여년을 준비하여 2009년 도쿄 신오쿠보에 문을 열었다. 박물관 운영은 순수회원들의 회비와 자원봉사자들의 헌신으로 운영되고 있다. *일본전화 : 03-5272-3510

이윤옥 시인의 야심작 친일문학인 풍자 시집
사쿠라 불나방

"영욕에 초연하여 그윽이 뜰 앞을 보니 / 꽃은 피었다 지고 머무름에 얽매이지 않는다. 맑은 창공 밝은 달 아래 마음껏 날아다닐 수 있어도 / 불나비는 유독 촛불만 쫓고 맑은 물 푸른 숲에 먹을 것 가득하건만 / 수리는 유난히도 썩은 쥐를 즐긴다. 아! 세상에 불나비와 수리 아닌 자 얼마나 될 것인고?"

이 시집에는 모두 20명의 문학인이 나온다. 이들을 고른 기준은 2002년 8월 14일 민족문학작가회의, 민족문제연구소, 계간 〈실천문학〉, 나라와 문화를 생각하는 국회의원 모임, 민족정기를 세우는 국회의원 모임이 공동 발표한 문학 분야 친일인물 42명 가운데 지은이가 1차로 뽑은 20명을 대상으로 했다. 글 차례는 다음과 같다.

차 례 (가나다순)
1. 태평양 언덕을 피로 물들여라 – 김기진
2. 광복 두 시간 전까지 친일 하던 – 김동인
3. 성전에 나가 어서 죽으라고 외쳐댄 – 김동환
4. 왜 친일했냐 건 그냥 웃는 – 김상용
5. 꽃 돼지(花豚)의 노래 – 김문집
6. 뚜들겨라 부숴라 양키를! – 김안서
7. 황국신민의 애국자가 되고 싶은 – 김용제
8. 님의 부르심을 받드는 여인 – 노천명
9. 국군은 죽어 침묵하고 그녀는 살아 말한다 – 모윤숙
10. 오장마쓰이를 위한 사모곡 – 서정주
11. 친일파 영웅극 '대추나무'는 나의 분신 – 유치진
12. 빈소마저 홀대받은 – 유진오
13. 이완용의 오른팔 혈의누 – 이인직
14. 조선놈 이마빡에 피를 내라 – 이광수
15. 내가 가장 살고 싶은 나라 조국 일본 – 정비석
16. 불놀이로 그친 애국 – 주요한
17. 내재된 신념의 탁류인생 – 채만식
18. 하루속히 조선문화의 일본화가 이뤄져야 – 최남선
19. 천황을 하늘처럼 받들어 모시던 – 최재서
20. 조국 일본을 세계에 빛나게 하자 – 최정희

※ 교보, 영풍, 예스24, 반디앤루이스, 알라딘, 인터파크 서점에서 구입하거나
〈도서출판얼레빗, 전화 02-733-5027, 전송 02-733-5028〉에서
구입할 수 있습니다. (대량 구입 시 문의 바랍니다)

전국 100 여 곳 언론에서 극찬한
이윤옥 시인의 《서간도에 들꽃 피다》 제1권

외로운 만주 벌판 찬이슬 거센 바람 속에서도
결코 쓰러지지 않는 들꽃 같은 생명력으로
조국 광복의 밑거름이 된 여성독립운동가들의 이야기

차 례 (가나다순)

※ 교보, 영풍, 예스24, 반디앤루이스, 알라딘, 인터파크 서점에서 구입하거나
〈도서출판얼레빗, 전화 02-733-5027, 전송 02-733-5028〉에서
구입할 수 있습니다. (대량 구입 시 문의 바랍니다)

전국 100 여 곳 언론에서 극찬한
이윤옥 시인의 《서간도에 들꽃 피다》 제2권

차 례 (가나다순)

전국 100 여 곳 언론에서 극찬한
이윤옥 시인의 《서간도에 들꽃 피다》 제3권

차 례 (가나다순)

전국 100 여 곳 언론에서 극찬한
이윤옥 시인의 《서간도에 들꽃 피다》 제5권

차 례 (가나다순)

전국 100 여 곳 언론에서 극찬한
이윤옥 시인의 《서간도에 들꽃 피다》 제6권

차 례 (가나다순)

영어 · 일본어 · 한시로 번역한 항일여성독립운동가 30인의 시와 그림 책

《나는 여성독립운동가다》 인기리에 판매 중!

이윤옥 시인이 쓴 여성독립운동가를 기리는 시에 이무성 한국화가의 정감어린 그림으로 엮은 《나는 여성독립운동가다》에는 30명의 여성독립운동가들을 다루고 있으며 이들 시는 영어, 일본어, 한시 번역으로 되어있다.

여러분의 후원 진심으로 고맙습니다

이 책을 펴내는데 인쇄비를 보태주신 여러 선생님께 진심으로 고개 숙여 감사 말씀 올립니다. 여러 선생님들의 도움으로 『서간도에 들꽃 피다』〈7〉권이 세상에 나왔습니다.

다음은 2016년 8월 5일부터 2017년 6월 30일까지 〈신한은행 110-323-678517 도서출판 얼레빗(이윤옥)〉으로 입금해 주신 분들입니다. (가나다순, 존칭과 직함 생략)

강신수, 강연분, 김미선, 김순흥, 김영숙, 김유경, 김찬수, 김호성(최서영), 박건, 박영경, 방병건, 배재흠, 손영주, 신철식, 안만철, 양인선, 양춘섭, 양훈, 유용우(류리수), 윤석임, 윤왕로, 윤종순, 이규봉, 이병술, 이상직, 이상훈, 이선희, 이윤, 이항증, 임솔내, 장은옥, 정희순, 최매희, 최사묵, 최우성, 하진상, 한효석, 함미숙, 허정열, 호주광복회(회장 황명하), 홍인(여여), 홍정숙, 황대길

거듭 고개 숙여 여러분 선생님들의 아낌없는 후원과 사랑에 감사드립니다. 앞으로도 계속해서 음지에 계신 여성독립운동가들을 밝은 해 아래로 불러내어 〈8권〉에 실을 수 있도록 따뜻한 사랑과 후원을 기다립니다. 한 권의 책값도 소중히 여기겠습니다.

후원계좌: 신한은행 110-323-678517 (이윤옥: 도서출판 얼레빗)

> ※ 교보, 영풍, 예스24, 반디앤루이스, 알라딘, 인터파크 서점에서 구입하거나 〈도서출판얼레빗, 전화 02-733-5027, 전송 02-733-5028〉에서 구입할 수 있습니다. (대량 구입 시 문의 바랍니다)

 제 7 권

ⓒ이윤옥, 단기4350년(2017)

초판 1쇄 2017년 7월 15일 펴냄

지은이 ｜ 이윤옥
표지디자인 ｜ 이무성
편집디자인 ｜ 엘제이디자인
박은 곳 ｜ 최문상 〈인화씨앤비〉
펴낸 곳 ｜ 도서출판 얼레빗
등록일자 ｜ 단기4343년(2010) 5월 28일
등록번호 ｜ 제000067호
주소 ｜ 서울시 영등포구 영신로 32 그린오피스텔 306호
전화 ｜ (02) 733-5027
전송 ｜ (02) 733-5028
누리편지 ｜ pine9969@hanmail.net
ISBN ｜ ISBN 979-11-85776-06-4
　　　　ISBN 978-89-964593-4-7 (세트)

값 12,000원

※ 이 책은 국가보훈처의 보조금 지원으로 발간되었으나
　그 세부 내용은 국가보훈처의 견해와 다를 수 있습니다.